一天兩個人

鍾文音

【自序】

從風雨的黑夜穿出

鍾文音

這是一本可以帶出許多小說的書。

我的一切書寫就從這裡開始，這本小說是我往後許多長篇的微型，原型。

這些小說大多是完成在我還沒成爲作家之前，它們有的並不成熟，但如同當年評論家王德威對〈一天兩個人〉寫：「一股生猛之氣直透全文。」

年輕時我也曾寫下：「文學要將我的生命碇錨何方？無論風雨，我自己在此世界要很篤定，篤定到千山萬水，只取一瓢水也能活下去。」

那時寫作大於成爲作家的欲望。

寫作，一開始就是我的地方，我知道，若當年沒有爲生命寫作，那麼寫作於今也就不存在了。寫作是我熱愛的事物，寫作多年，我以熱愛生命的方法來實踐寫作。

在孤獨的寫作牢房，文字釋放了我，寫作是我對世界的感知與獨特詮釋，把一切都寫下來，是一種奢侈，也是我人生裡的精神奢侈，無可替代的精神勞役。

作家多是從成長故事開始著墨，這本書也可以視爲我的青春哀傷之書。它是一個座標，就像嬰兒出生在醫院裡的出生證明，這本書是我成爲「作家」的出生證明。

這麼多年過去了，這份文學的出生證明，可以看見一個作者如何從新新人類走至中年哀樂的創作原型。

小說筆下的世界猶如是作家青春時期的自我人生觀照，說來筆氣是勇氣十足，語言是生熟兼之，風格和現在差異甚大。從鄉村到城市，從本土到異鄉，從父母到兩性甚至死亡，都是當年我試圖在小說裡寫的主題。小說即使懷著揮之不去的青春哀傷與苦悶，但其底層卻是美豔絕倫的。

小說裡描述的青春男女的愛情與生命困頓讀之也只嘆「癡心」，於今癡心亦不可得，我在一代又一代的後輩身上見到……足見好小說不會過時，因爲小說永遠環繞著人性，好的小說永遠是一面鏡子，折射讀者的心宇宙。

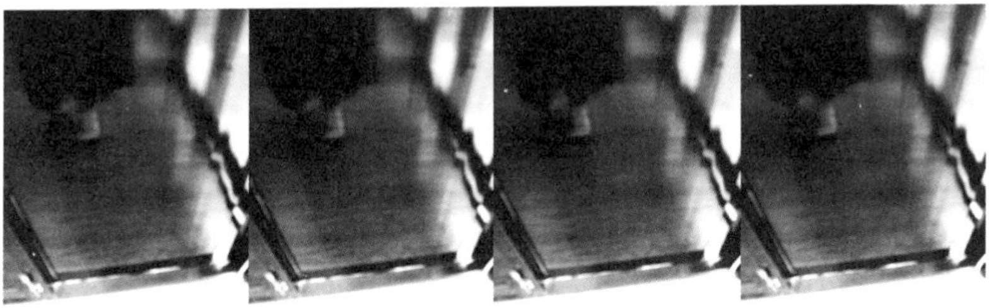

這如鏡的小說，永遠有人需要觀望，透過小說人物的處境對照，或許也折射出無數的我呢。

這本書也折射出青春時期的我，那個還沒成爲作家的我，當年是如何地以直覺以生猛的感知熱情，以及對生活和日常困頓迷惘的掙扎與叩問……如此地，我就這樣一腳踩進了這座小說濕地。

一個作家最完美的時刻是在孤獨中寫作，但當他成爲名作家後，他卻極力想要擺脫那種獨有與噬心的孤獨，因此他的作品也就隨之失色……在寫序的此時此刻，我想起在這條漫長的寫作路途裡，折損的心愛作家以及同輩文友……依稀記得我出版這本小說集時，彼此曾有過的鼓勵打氣，那時遠方還遠，但卻夢想滿滿。練劍多年，浪遊多方，自我歷練，自我成就。現在少有人會鼓勵我輩了，時光催化，青春我輩終也成滄桑前輩，我輩已然成爲後輩的前方風景了。

所幸我從沒有想要擺脫孤獨，它早和我的寫作與生命融為一體，即使我暴露在群眾裡，我從不曾失去它。

早明白了這件事。

一如我在極爲年輕時寫下這些作品，我從不曾失去寫作初衷。

這本書是我的初衷，我一本初衷地走了二十年，接續下一個二十年的仍是這份對寫作熱愛的初衷。

一本初衷：寫作大於成爲作家的欲望。

夜神以夢探路，我以〈一天兩個人〉探創作之路，一路走來，所幸這路未崩塌，我還在，而你們也在……

在今夏第一場豪大雨裡，前方海水不斷逼近拍擊岸上，雷神電神在天空交會，劈出一道道閃光，如神諭於前，照亮我的寫作身影，瘦小且頑執，猶如我還是當年那個雙十年華的青年寫作者：俯首案上，一路划進召喚我的海洋，渾然不覺前方的波濤洶湧……

【目錄】

一天兩個人

陳瑜剛在那樣的笑裡看見他們彼此都長了翅膀，風突然大大地颳起，他們收不回翅膀於是只能不斷地高飛……

1993年寫畢／1994年定稿／
1997年聯合報文學獎短篇小說得獎作品

陳瑜剛下午兩點多就來到了西西里。

沒有找到阿戚，就自己找了個一樓靠窗的位置，點了一份甜布丁和咖啡，自個兒掛只隨身聽，隨旋律搖擺著。天花板上的搖頭電風扇，把光源弄得旋轉起來，看久會眼花撩亂。

西西里最有名的黑手黨特製咖啡，香味蓋過他桌邊一大把的野薑花。他特地用雙手雙腳去山谷邊摘來送給阿戚的。

早些年，陳瑜剛，剛從高中畢業，由於一種對「生命的執著」（摘自他於畢業那天所寫的日記），所以毅然放棄參加大學聯考。他運用的方法很簡單，就是不看書，自然就考不上。考不上大學，他的父母很煩惱，一直催促他去補習。

他也沒說什麼，拿了錢，竟然在外頭租了一層房子，搞起小樂團來。

每天早出晚歸，一副用功的模樣瞞過了老爸。阿戚就是樂團的主唱。作詞作曲都行，就是不會做人。所以小樂團一天到晚在換團員，再加上四周鄰居一直不斷地抗議（一方面由於太吵，另一方面當地街坊領袖陳太太的女兒陳五妹竟以『無可救藥的耽溺』爲藉口，瘋狂愛上阿威）。

這幾件事，搞得陳瑜剛簡直在「瀕於崩潰的邊緣」存活。所以等不及一家叫痲鍋的唱片公司所允諾的，必然爲他們出唱片，便放棄了這個年少青春夢，解散小樂團的事業。前後歷時總共五十九天。

「五十九天，你不會明白這份意義的。」結束當天，他曾對阿威說。「你不明白，你永遠不會明白。」

「我連你說的任何一個字，都不願去明白，又怎會去明白那個五十九天。」阿威用他長滿了老繭，比一般的手指多長出一個指節的食指指著陳瑜剛說。

陳瑜剛哭喪著臉，半晌對著依在阿威的肩上，正對著阿威的酷，投以無比欣羨眼光的陳五妹說：「難道五十九天，對妳也沒有任何意義嗎？」陳五妹沒有看他，只是搖頭。她身上穿著白T恤，胸前印著「一無所有」，是去聽演唱買的，穿在她的平胸前，倒眞成了一無所有。

「妳認識他，不也是五十九天了嗎？」陳瑜剛大吼，五妹愣然好一陣。對她而言，沒有值得花力氣去想的事。

之後，阿威自以爲甩掉了陳五妹的糾纏，同時對陳瑜剛保持了五十九天見一次面的距離。

今天，又是五十九天，他來這裡等著阿戚。這是多少年頭過去的五十九天呢，陳瑜剛用沒拌咖啡的手，扳著手指頭算著，糊裡糊塗地又是搖頭，又是點頭。這幾年，陳瑜剛不再爲當年日記所寫的對「生命的執著」，從俗地考上一家末流的大學。而阿戚，還是在玩自己，做音樂，日日甩著長髮蹬著足靴，敲得地磚哐哐響。近來因爲流行找非職業演員來演戲，說是這樣才生活化。於是阿戚被看上了，去演一個很像他自己的角色。製片認爲阿戚還不夠像他要的角色，把阿戚抓去鑽了排耳洞，左右各九個。九九，那一陣子大夥常叫阿戚爲狗子，或朝他汪汪兩聲。

演戲過程阿戚出了幾次紕漏，吸安吸過頭，誤了通告時間。有一次還因爲在計程車上盹著了，任司機搖喚不醒，便把他口袋錢摸光，丟到半途。他就在路旁小巷沉睡，待醒來已傍晚，想清楚事情地點，也沒錢坐車，在地上逡巡到一塊錢，打去通知拍戲現場，製片氣得想找人扁他，警告他如果再嗑藥誤戲要換人。害那過度縱慾，臉坑坑疤疤的製片，青筋直爆，氣得推落架上的玻璃框，一只鑲有得獎字眼的鸚鵡頓跌在地上，很難看地倒插著，屁眼正對著阿戚。「找你們演戲，對外說好聽是培植，其實是因爲你便宜，懂不懂?不乖，戲就喀嚓剪掉，連名字都別想見海報看板，想得鸚鵡獎，還早哩。」阿戚氣得當場想落跑，可是身分證已給了他。

西西里人不多，整個城市的男女此時已經絕少待在這樣純賣咖啡的小店了。陳瑜剛想到昨天看第四台時，哇操！還看到阿戚演的那部戲，他耐著性子看完黑得像夜裡一潭魚池裡冒著幾點星光的畫面，只爲了再次看自己在那部戲裡的背影，及一個短鏡頭的動作，他朝一名剛走出小可愛旅社的大哥開了槍，然後反被擊中倒地。拍倒地時，他NG了好幾次，被導演說倒地倒得太假。「沒辦法，不知道開槍倒地的滋味嘛。」他心裡辯解，但也明瞭自己不是演員的料，不像阿戚會演到忘情。於是他在那部戲仍做著場務的工作，也就是在保溫杯裡倒進茶，依著杯上的名字，在每段戲休息時間遞給這些大頭。有次他把道具組託帶的照片給遺忘在坐來片場的計程車上，那是黑社會大哥死掉的遺照，那天的仇家廝拚後的喪葬戲於是沒拍成。「你是吃什麼長大的？我看是吃屎，操你媽的屄！」製片的青筋暴起暴落，然後用五隻粗細不一的指頭在他的下顎用力地扳右扳左的看，陳瑜剛想薪水領不到就算了，可別連臉都毀了。「長得嘍囉相，要不就當場讓你當那個該死的大哥替身。」製片說。陳瑜剛捧著變形的下顎，走到外面，仰頭望，他覺得外面的天空很大。

他可惜的是再也無法到片場看阿威演戲了，他喜歡看阿威演戲的投入狀，全心全意的一種狀態，接近他們以前最常聽的卡拉絲唱的完美高音，或像是無意邂逅的一種中世紀雕像，悲慟莫名的化身。他能在看的當下，也獲得釋放。阿威在導演喊「卡」後，幾近虛脫，就像演唱時舞台燈光一暗，他的魅狀似是狂焰後的火花，徒留煙塵縷縷，一吹彈散。他想著往事，不自覺地從嘴巴吐出一縷冷白的寒氣。

等著悶了，他探看窗外。對面的大飯店正好下來一批外國旅客，膚色和旁邊懸掛的多國旗幟雜遝著。眼前的這棟華麗飯店，日前才有個女子在客房自殺，女子當時手裡捧著花，交給櫃檯四萬元，宿兩夜。「可能是有個人沒來赴約，心靈也沒來赴約，女子就如期地割腕了。」他無聊地假想。桌上野薑花的白色花瓣垂落，咖啡入了肚，陳瑜剛想阿威這小子又不知到哪裡去了？他是捧著花，但可不會爲等不到人自殺。

「我好喜歡做噩夢，好像一種前進後退皆不得的狀況。」「沒什麼意義呀，這種夢。」「像一種困獸之鬥。」

做夢的人是阿威。

「應該出去玩，爲什麼不出去玩！」阿威揮動著雙手說。「嗯，……天氣不好吧。」「喂喂喂，來看!快來看!」頓然，阿威推開窗，一道光進來。「我眞的不知道天氣很好，這樣的山色。」陳瑜剛悠悠說。然後他們兩坐在山色前。「我以前就喜歡爬山，讀的小學就在一座小山丘上，從教室就可以望到海，還有船。」阿威說他上課只帶著口琴。「我有個叔叔在當大副，考不上大學那天，他還要我跟他去跑船，結果，我就躲到外婆家去。」陳瑜剛說。

「我也記得我外婆。」「過世那個?」「嗯，我記得她住的房子，那種崎嶇的角度，一個彎再一個彎，然後就是河。」阿威修長的右手彎彎轉轉比劃著，像舞台上的旦角。

陳瑜剛回想，那天眞是個寧靜的下午，只有風兒微微吹。

「你應該覺醒，你一直沉迷得很習慣。」「什麼意思，我只是在說我夢裡的事呀。」「日有所思，夜有所夢。你昨天夜裡叫著小C的名字。」「不可能。」「她已經離開你了。」「不要。」阿威大叫，眼睛轉向遠方，人跑開。那時海邊正好有一艘大船駛進來，緩緩地出現眼前。「我無意逼你。」「我眞的不知道自己，很像改不過來的事，就會一直改不過來。」「誰知道!」陳瑜剛望著船說。阿威指指天空聳聳肩，他那完美的手像雕塑。

陳瑜剛玩弄著罐裡的白糖思憶著和阿戚的多年相識，「我們一直都這樣，吵一吵，好一好。我並不認爲他了解我，但我至少信賴他。我常向他說你要收心啊，他就說好，而我其實也是在逼自己去承認一些事。但承認了這些事又能怎麼樣呢，我還是沒有太多的變化。」他估量著心情，突然最想做的事是回到樂團時期，和阿戚兩人眼神一使，即便下大雨也聳聳肩照樣出去玩的勁。這股勁隨青春消弭，「但好像自己的青春特別廉價，一下子就萎縮了，看看阿戚啊。」他搖頭不解。

西西里，他坐的這個位子算是好的，靠窗，菸味少，只是牆後的油煙機開開關關，聲音轟來轟去，有點煩。前面的男子，背向他在看著報紙分類廣告，身體在椅子上扭來扭去，「毛躁的人。」陳瑜剛無聊地想。「喂，喂……」男子大哥大響，收音不良。他站了起來，去打門旁的投幣電話。「喂！喂！聽到沒，媽的Ｂ！我人在卡蜜兒裡面。」他想想似覺有異，抬頭看門外招牌又不耐地說：「媽的Ｂ！是在西西里。就是卡蜜兒旁邊那一家啦。操，媽的Ｂ！你到底來不來。……」他邊說邊用另一隻手搔著屁眼。陳瑜剛還以爲對方的名字就叫「媽的Ｂ」呢。

這空間可聽出有多少人正處於無聊的等待狀態，一個戴著過期聖誕呢帽的女子旋轉著銅板，哆轉，咻咚，反覆地響。然後她站了起來，細而無肉的腿似承受不住上身加壓，扭曲地顫巍巍走到電話筒旁，「嘟嘟嘟……砰！」陳瑜剛幫她配著畫外音，「喥喥喥……」女子埋單走出他的視線，高跟鞋敲著地，有著恨意。

定時出現的中年留鬍子男子推著攤子經過，粗繩掛滿若超級大陽具的臘香腸，香腸跟著推車盪呀盪，炭火味從門縫灌進陳瑜剛的鼻息。「比大比小？」擲骰子一落，陳瑜剛運氣不錯，比大就大，比小就小。他倒常去光顧這個攤子，看老闆心愛地用炭烤的手摸著他的鬍子，一時興起會老說舊話：「我的女人就愛這些毛，眞是怪。」

陳瑜剛想著噗嗤一笑，昨天看深夜談話節目，主持人說：「男人夠不夠力要看角度。」什麼話兒，媚俗媒體，他不屑卻也偏記得牢，對自己吐吐舌。

噹噹噹噹噹，商業大樓的鐘敲了五響。

猛然跟著望錶，他才獲得正職未久，可不能遲到，反正和阿戚哥兩見面多的是機會，於是埋單，走人。走了一段路，才想起兩手空空，忘了野薑花，手攤了攤，也無所謂了。只是本來還想轉送給報社的打字小姐阿敏。

他快步走在捷運鐵皮屏遮的騎樓，經過小販，買了兩個像阿敏胸部大小的山東饅頭啃著。夜色已經開始沉澱，勾出黑邊的基調。彷彿說好似的車燈全打了亮，像喉科醫生頭上的探照光，而陳瑜剛的心情深淺，也差不多就是嘴巴到喉頭的距離，談不上有何曲折。饅頭在他的胃裡彈跳著。

車子在鐵皮上爭道，鐵皮下有工人在挖道。「地下，我們就是地下。」阿戚最常掛在嘴邊的話。「地下音樂，夠屌，地下子民，萬歲。咱們斃了他，咱們超過他。」他會忽地一吼，癱在舞台，餐廳經理則在背後射著嫌惡光芒。沒人知道他說的是要斃了誰。

陳瑜剛走回報社，線上記者尚未歸，走過拼版桌，旁邊櫃子放有拼版工的杯子，那杯子陳年式樣和茶垢讓他想起家鄉阿爸的500ＣＣ杯子。打字房的幾個小姐節奏鏗鏘地敲著鍵盤，他跟著亂哼旋律，不經心地看著阿敏微顫的胸部。有時他會將眼睛閉了起來，讓四面八方的私密霎時灌入耳膜，「毒評苛薄醜化時事，假讚酸忌某人衣飾，扯淡誰家丈夫小孩，吆喝吃飯吐苦水。」陳瑜剛將聲浪歸納成簡單易懂的四大項。

組長喚他，把他的心拉回，必恭必敬地蹬著光亮新皮鞋來到組長桌前，組長看他一副二愣子的模樣，搖搖頭，心想這小子心若有他皮鞋的透亮就好了，她撇撇眼示意他也拿個便當吃。陳瑜剛才弄懂原來有個超級巨星來了，爲了犒賞外勤記者辛勞，特別訂了全組的便當。他拎著肉塊幾要滑出保麗龍的便當盒正待蹬著腳步走，組長又喚他把可以發打的稿子先送出去。「如果得到的是互相矛盾的指令，都要服從。」組長桌前每日一句的日曆，今天是這一句。

他把稿子彎折塞進透明長條筒，走到像消防隊員用的爬梯，打開一扇小門，將長條筒對準一處洞口，筒子馬上就被吸進洞裡，再掉進電打小姐手中。陳瑜剛歪著頭凝視黑洞，什麼也沒有，只感覺到鼻頭有一陣風捲著。「如果人捲進黑洞裡，不知是什麼滋味。」黑洞，他突地又想起了阿敏的身體。

蒼白地打了個噴嚏，進了室內，組長看了他一眼，然後和其他人交換眼神，暗笑著這二愣子傻不隆咚。沒有人知道他的鼓打得一把罩，這裡不需要傳奇，只要高學歷、名校和頭銜，若都沒有也得偶露幾句洋文，上述皆無的話，那要謹記兩件事，熬下去和諂上去。

陳瑜剛打開便當，一塊壓扁的排骨，沒炸熟還對著他淌著血，沒了胃口。

他憶起以前和阿戚打工的日子。一家快餐店，每天下午他們兩都必須處理一池的排骨，阿戚切好肉，把肉丟給陳瑜剛敲打。原本一小片的肉，在鐵棒的凌虐下變成大大的薄片，然後浸在醬油和蒜、辣椒裡。他覺得如果沒有那段狠狠敲打豬肉的日子，他不知道他的鼓會不會打得和現在一樣好。源於一種「爲自己出征」的信念（摘自他和吸血鬼唱片公司談判的倒數第二天日記），他帶著阿戚離開敲豬肉的工讀生涯。敲豬肉的樂趣在於看著客人咬下去滿意的表情，他和阿戚則在廚房偷覷地暗笑，那肉汁裡有他們擤下的鼻涕呢。

這次，他看見肉卻笑不出來，不知爲何，那感覺很像喉頭被掐住。他老爸用皮鞭抽他都沒這麼難過過。

阿戚長手長腳的，走路像皮影戲的紙人，手腳晃動得很大，影像這會來到陳瑜剛的腦海前。劈頭說的仍是口頭禪：「斃了他，超過他。」他們這個小樂團曾返鄉自辦露天演唱會，地點就在陳瑜剛老爸的小火車站前，當時伊老爸已原諒了他，反正好歹他也考上個大學念，老爸便幫他們敲鑼打鼓邀來大批鄉民。穿著好年冬汗衫的阿伯和揮著蒲扇、放下畚箕的老婦們說：「𣍐知這些猴囝仔在煞煞唸著啥米歌？親像中了邪在起乩同款。」也有農民跟著他們窮嘶亂吼，撕衣服，披頭散髮。台下打香腸熱鬧滾滾。「一衝出來就是要音樂，擋都擋不住才行。」演唱會阿戚的長髮溼得像兩道黑泉。麻鍋唱片公司的老闆阮小迪就是那時候看到他的，可惜阮小迪後來被捅了幾刀，再也無暇理會這個樂團。

電視新聞主播甜美微笑地說著各地鬧旱災，有影無蹤的馬力歐颱風過境不停。陳瑜剛想，今年不會有颱風的，他去看過颱風草，葉脈上寫得清清楚楚，一個颱風眼也沒有。他直覺自然界的現象很準，就像他看阿戚吃飯夾菜的模樣，就說他這個人吃虧在不會轉彎的個性，「快夾到嘴裡的肉，也會掉。」「我就是個金礦，等人來挖掘。」阿戚聽了還會回他這一句。

想到阿戚拿筷子的樣子，開始有記者打電話回來報稿單。陳瑜剛豎起耳朵聆聽，約略聽到四大天王和四小天王雙方歌友廝拚的狀況。四大天王，一位編輯得意的說，這些人不都是被我捧紅的嗎，硬是把天王給冠上去，誰先喊誰先贏，新聞嘛，就是要灑狗血。陳瑜剛心想，等到哪天當了編輯老爺也要把阿戚叫紅，但可不要什麼天王，做爲天王的朋友都覺得難堪。「天本來就是一樣的嘛，怪不得這些天王唱的歌，都是一個模子。」他想名字要典雅一點，最好是能讓人揮灑動容。

三週前，他還是失業長長隊伍中的一員，一次搭公車坐到一份被丟棄的報紙，收穫是知道被坐著的這家報紙要招人，年齡限二十八歲以下。口試時，被問到喜歡侯肖門還是朱言瓶，他暗暗忖道猴和豬皆不喜歡，只喜歡阿戚。望著等待答案的目光掃來，心生一念想鄉下都是見豬就喜，有肉吃，於是答喜歡後者。卻見主考官眼睛一定，主考官心想這二愣子美學觀頗不人云亦云，再考他爲何喜歡後者，他答因爲自己像豬，說時還想到美食地吞嚥了一大口口水。就這樣主考官就在陳瑜剛酷得很的大頭照下批了「核用」二字，還心想那報紙一定賣座，最好能像「鮀了班長」電影一樣大賣就好。

這是陳瑜剛上班的第三週。職位是助理編輯，就是夾在正牌編輯、資深美編和記者間忍辱求生的人。今天開始他有幫忙下標題的機會。

不過他的主要工作是編電視節目表，所謂的編，當然是他說給自己聽的。其實他的工作比較接近「繡花」。

這是電視節目暴增到報紙必須另闢一個大版才夠放的年代。

報社差遣一個大學生來拼貼這塊版的理由是：報社瀕臨退休有閒有權的大老最注意這個版，電視節目表一出錯，他們都會曉得且嚴厲地斥責說：害他們錯過了節目。

於是，陳瑜剛尤感涕零地接受這個版。他在每天凌晨六時到隔日凌晨六時的阿拉伯數字中，排遣青春和視力。鼻子快貼到版口，仔細地校著十級中明的數字有無差池，或時間的分秒間是不是有保持兩點的距離。然後用美工刀把多一點少一點，多一分少一秒的錯誤，移花接木起來。那模樣讓那講話從沒正眼瞧人，迷信喝洋墨水，搖頭晃腦時，額上刀疤會隨之閃爍的娛樂中心主任，放眼看這聚集了近八十人的辦公室，想這裡縱便有臥虎藏龍，也不會是這個二愣子吧。

然而沒有人明白陳瑜剛是怎麼想的，就好像這個世界的水準只須降到「四大天王」這個名詞所能理解的程度就好了。不要太費心，閱讀外表吧。

「眞正好東西不是用眼睛可以看得到的。」小王子說，書年年在暢銷排行榜上，但沒人記得他說的話。「文字最大的危險就是，很多人看懂了字，就以爲也跟著做到了。」至少陳瑜剛想過這個問題。

因而當陳瑜剛向阿敏說，貼改電視節目表可以說等於繼承了伊阿爸的畢生職志時，阿敏敲打鍵盤的手未曾停歇每分鐘六十字的速度，心思倒頓了一秒，想這個人外表傻，連心也笨。阿敏倒是聽過一個女生的終生職志是，每個單月都要在三十一號那天去三一吃特價的冰淇淋，且要在一生裡嚐遍五百種以上的冰淇淋口味。「這個女生的志願都比他好呢，至少有吃到嘛。」阿敏想在這個食物鏈裡，這小子豈不是要被吃定了嗎？瑜乾脆改成愚好了，瑜剛瑜剛，不就是「魚缸」嗎，那他就是那種專門給大魚吃的小魚。阿敏笑著望向他想，陳瑜剛也望著她傻笑。

陳瑜剛的阿爸，在家鄉每天不到四班車的小車站當站長。陳瑜剛讀國中前，常拎著包著布巾的四角形便當盒到車站。伊阿爸有時像月台的狗，沿著鐵軌踱步，或靠在褐綠色木房，一手掏出油膩的手帕拭汗，一手握著老式話筒，向快擠進站長室的乘客解說，火車誤點的原因。伊阿爸每隔一陣要出來打打招呼，時向北，時向南，但快速列車沒有一個爲他這個小站停駐，只有老邁的平快車氣岔氣岔地在他的揮手下喘氣停擺靠站，「這是一條命慢慢來的泥淖情調。」陳瑜剛每每在送便當給阿爸時如此無端地冥想著。

再就是伊阿爸站在小黑板的背影，只見腕肘在黑板上仔細地寫下火車時刻表，或是發佈一點也不算新聞的天氣。改成白板後，他的背影抖動得更奮力，常常必須去擦拭些不易掉的油筆黑漬。過往的火車時刻表和此時的電視節目時間表因記憶的牽動而連結在一塊了，沉潛在他內心的深海。

伊阿爸在火車進站出站的時刻裡攢了錢，一毛一毫都給花到他身上。因而除了高中畢業那年玩樂一陣外，其實他一開始就想謀個世俗認可的正職。當然，最好能和音樂有關，於是他曾有次想了整晚寫了個文情並茂創意有之的履歷表，親自攜著上門面試。「你坐著等會，總監開完會就來面試。」「總姦？」怎麼這麼難聽的綽號，他望著胸部還沒發育頭上卻染著一頭白髮的小妹想。等會，就是等了一個鐘頭之譜。這時泛著濃煙、綁著長髮馬尾前額卻禿，相貌像未進化動物的總監出現眼前，屁股還沒貼到冷板，劈頭就問：「你什麼星座。」「星座？」糟了，怎麼有這個題目，就怪我太少看天上的星星了。「不知道耶。」他歉笑說。「幾月幾日生？總該知道了吧。」「四月七日。」「哦，白羊座。」陳瑜剛望著馬尾兄的表情，看他沉吟喃喃說：「白羊，熱情的行動派，至少不會光吃飯不做事。」「你喜歡黑貓嗎？」怎麼又是白羊又是黑貓？陳瑜剛只好胡亂像下注的點頭。卻見馬尾兄似大有同感的眼露悅光，「你晚上就開始上班。」然後他的頭皮屑甩了一些在陳瑜剛身上，留了張名片走了。陳瑜剛望著名片第一次認識「總監」這個頭銜，「不知道我洗澡時他來不來監視。」他自我半開心半揶揄著，想不到得到一份工作這麼簡單，他望著沉甸甸花心思卻文風未被動過的履歷表想。

　　當晚他像置身於大澡堂內煙霧似的會議廳開了整晚的動腦會議，動腦的主題是如何把一個一百五十五公分高、唱歌五音不全的小女生塑造成偶像。起先他是默不出聲、得空發呆。受不了時就猛用牙籤戳眼皮，免得打盹。「新來的瑜剛有什麼高見。」「哦，……我想，我想千萬別讓她穿短裙就好了。」他突然想到陳五妹。大夥大笑。「我不管短裙長裙的，只要給我記住inside outside就行了。」馬尾總監拍桌子目光一掃地說。然後指著他說，今晚輪新來的人值班。值班就是負責看門和聽電話。

陳瑜剛的公司爲了晚上想念歌星而睡不著的歌迷設有「新新人類點唱機」，一通電話就能聽到想聽的最新流行曲。但那些天陳瑜剛每天都未好眠，被色情電話搞得人很虛。當時還惹得阿戚說他寫的歌詞像是邊嗑藥邊寫的，意境霧濛濛不開。遇颱風那天，他正好留守等新聞，把明天要不要上班的大事告訴大家。就這樣他做了這家小唱片公司的企劃助理，公司小，因而簡單說就是什麼都做，一個打雜的人。半年後，他說再也不碰音樂了，而什麼是inside outside他還是沒弄懂。

陳瑜剛不合時宜。雖說他自覺變態的每天穿梭在最流行的都心，嗅著洋娃娃裝扮故作純眞的年代、觸身中空狂想曲調、深進棉花糖般的粉嫩世界、暴露超現實感的漆亮金屬風潮，但重要的是他摸不透人心。

他帶剛出道的小女歌星去挑服裝、剪髮型，小女生說把她弄得太小，像個剛長毛的小鬼。男歌星則怨載著他替他打理拍照時，道具太少，以至於讓他在鏡頭輕露白齒時無法咬著一片詩意的楓葉或是花瓣什麼的。老歌星又怪他文案不夠楚楚動人，「要寫我的感傷就像秋天紫色襯衫口袋裡的薄紙，貼在胸口溫熱著，傷不了心。這種似懂非懂的呢喃詞，國中女生才會覺得我跟她們在對話。」於是，他去買了一疊畫有少女精美服飾及言情的小說猛K，拚命背誦著類似什麼「冷氣機的黃昏，離絕望還很遠，發現想著妳，配炭燒咖啡最好……」他氣念書時代的作文老師沒把他教好。最後他不能忍的極限是，連陳五妹都可以出唱片。同時他也受夠了每天幫馬尾總監洗他那油漬的擦手臉毛巾，受夠了穿梭在吊滿女人內衣褲的閣樓找道具；受夠了一到下午一股類似大麻的菸草味飄浮在沉淪的空氣裡；受夠了總監總是丟長得像歌迷卻幻想當歌星者的難聽試聽帶給他，受夠了……在陳腐的日子，狼吞吐嚥著欲望。

早在樂團時，沒事來拿喬的陳五妹，歌聲就是可以一直自動反覆倒帶的那種，唱到破了還不知。她在浴室唱歌要唱到自認滿意程度才肯出來。當水龍頭乍然被扭緊時，大夥在門外才鬆一口氣。陳瑜剛每回看到陳五妹，就讓他想起高中認識的一個鄰校女孩，名字他忘了（日記裡竟沒寫到），但他清楚記得女孩有點像高中參加過什麼文藝營之類的文藝青年，有點作態，但又缺乏天分的那種。他和她在一起，因她的誠實。「每次自慰完我都會聞著有味道的食指痛哭。」她說。陳瑜剛當時無言以對地望著月色。他想，總不能和她分享自己有次自慰差點把竹床給震垮的事跡吧。於是他約她去看場電影。

那是一部天才與庸才戰爭的電影，看完他頭痛欲裂；而女孩則頹喪地約略叨絮著導演又沒長我們幾歲，爲何可以拍出這樣的電影等語。陳瑜剛還安慰她說，天才就是天才，不會長大才變成天才，這和年紀大小無關。沒想到她聽了竟坐在天橋上哭了起來，以行乞流浪女坐姿般地哭著。他知道她愛魚，於是叫天橋小販去她面前兜售魚的飾品。她果然不可遏止地買了一堆，還邊說她討厭流行。倒楣的是掏錢的建議者。

於是當遇著了陳五妹，陳瑜剛便知曉他的倒楣降落，飯碗要丟了。

然而誰曉得陳五妹取了藝名「嫵媚」後大發呢，光打得朦朦曖曖的寫眞集熱滾滾地夾在報攤上的細尼龍絲線，隨著夏風送著清涼。電器行裡的陳五妹盡情地對著觀眾說，嬈滾嬈滾，請大家一起跟著我嬈滾。上千隻手在台下跟著搖擺說ROCK，ROCK，我們要ROCK。在報紙上，她說她家的陳么妹，也要改名「妖媚」，要以陳氏雙雌走天涯。「陳氏雙恥」他一想，自己不也和她們同姓嗎。

陳瑜剛初至報社報到時，嫵媚妖媚的照片正在報上刊載。他吃便當抽了張報紙墊底，五妹的媚態攤在眼前，「怎陰魂不散的！」他把便當盒往她身上一擺，大小適中的全遮住了。一張圖放到和一個方形便當般大小，他暗暗想著，哪天做到阿戚的照片時，也要如法炮製。

前不久，陳瑜剛才和小樂團的人碰面，慶祝他向體制靠邊，陳瑜剛並不覺得這話是諷刺。他只是在想小樂團第一次爲他過生日，買了一個二十元的小塊蛋糕，點了蠟燭在小小火光裡，他抽抽噎噎地哭了起來，哭著說要做個有出息的男人，然後在大家的擊鼓作樂吶喊下，沒兩口就吞掉小得可憐的蛋糕。那一刻，他意會揮灑的日子將和吞下的蛋糕般，將化爲無影無蹤。

這些年，他唯一做對世俗的事，就是解散樂團，在幸與不幸間考上私立大學。可是哥兒們的情誼是一輩子交心的，對他們而言是情關易過，江湖難闖，他還是深愛著有過同一種夢的阿戚。「塔奇拉，迸！」陳瑜剛手上有閒錢時，會請樂團去吧檯「迸」好幾下作樂，這是恢復和他們同樣身體語言的手法，因爲樂團是不讓他這個叛徒再打鼓了。

他並常一兩個月裡跑去看可戚、水泥桶、庫瑪、漏斗在「人渣虎皮」餐廳有一搭沒一搭的演唱。如果樂團有被拒絕往來，都要怪阿戚；當然有時候的情況是要怪餐廳的建築，光他們唱過的五家餐廳就有三家鬧火災。「逃出都是靠用樂器情急打破玻璃窗。」阿威拿著有敲痕的樂器給他看討生活的艱辛。

不過更多是阿威的火爆脾氣引燃失業，阿威常說搖滾就是要唱社會問題，把問題唱得震天價響才行。陳瑜剛覺得他自己就是個社會問題。他的屌樣幾年都沒變，嗓音也沒幾個人識貨，於是台下刀叉杯盤碰撞擾攘聲，常使他氣得彈斷絲弦。經理說：「稱你們爲地下音樂是看得起你們，因爲至少不是什麼都不是。」天呀，你在繞口令啊，阿威沒好氣地說。「在台灣，反正什麼亂七八糟、莫名其妙，所有未成爲主流的或即將可能顚覆主流的，我都會暫時投資觀望一下。」這個「主流論」的經理，三天後死得很冤枉，只因大樓有個男子受不了這家店的音樂鬼吼聲，於是啓開精神動能，往餐廳丟了瓶汽油彈。

這是阿威經歷過的最後一次火災，樂器全毀，他沒有錢創另一個地下。於是每天用他塗得綠綠的手指作畫，用火燒、刀削、鑽戳、蠟澆、炭烤、電鑲……，「我的內心其實很安靜，藝術都是相通的。」阿威說。陳瑜剛悄悄地幫阿威寫了新聞稿，附上畫的照片，靦腆地送到同一辦公室的藝文記者面前，小心陪上笑臉地請她過目指教，「這個人畫的這種畫是打手槍時候畫的吧。」她不屑地把資料半丟半遞地還向他。待要離去的陳瑜剛瞥眼見到主管走向她來，遞了疊資料在其桌上，只見她馬上換了個滿月似的笑臉說：「哦，沒問題，我明天就去專訪這個人。」陳瑜剛當下眞想轉身拾回過往孟浪的拳頭，往她一擊。但他還是笑笑地走回位子。

就是那一刻，無力地讓陳瑜剛認識了自己的平庸，而且終其一生都將保持這種平庸的事實。

當然平庸者也不是每天都承認自己的平庸，被莫名青睞時，總還是自得。他組內的記者有陣子多人因故未能上線，他被授予誰不在代誰的班。第一天代班，打完稿後，他打了長途電話到阿爸的車站，線路不清地被吃了好些銅板，才說清了要伊阿爸明兒記得去買報紙。隔天再電去問看到了沒，伊阿爸像是走了好遠的路才跑過來接聽似的，喘著氣。「沒見到啊！我掛了老花眼鏡從頭找到尾，火車都可以從基隆駛到屏東了，逐字看透透，就是不見陳瑜剛這三個字。」伊阿爸說，末了還心惜著長途電話講這樣久可是貴得很喲。

陳瑜剛也跟著仔細翻報，才想起做版時確實有看到自己的名字在上頭，但大約後來有重要的事發生，就大頭擠小頭，胎死腹中了。

他很快就學會了常見用語，什麼頻頻奪魁、捉對廝殺、熱鬧滾滾他都能記著，好隨時派上用場。遇到臨時被呼叫時，大概都是別人不要去的兇殺案或是社會新聞，未到現場他已在心裡打稿：「台北市警察局××大隊×中隊由×名員警組成的巡邏警網，昨天凌晨二時二十分在台北市和平西路八段雙龍、夢嵐檳榔攤前，盤查×名可疑男子……」這是他背誦的稿子之一。

有次終於被賦予跑全國版新聞那天，採訪中心呼叫他時，約略說是海關查扣一批象牙等等，因人手不足，還囑他務必帶傻瓜相機拍照。到了現場，海關說等「大報」記者來了再曝光，要他等等。「大報，怎麼不知道何時又多了家新報紙？」他想也好，一早起來還沒如廁呢。誰料，等他解畢，門卻打不開，被反鎖似的，他叫著開門開門，足足過了三十分鐘才有人經過。

出來時，海關瞧也不瞧一眼只揮揮手說，沒啥好拍的，說那批東西有損國格，不准見報就把他打發了。

陳瑜剛不去想是海關的人懶得爲他再秀一次，於是回到辦公室。主任見他空手回的原因，就開罵說：「上廁所，還有時間上廁所，我看你乾脆包尿布跑新聞算了。」氣得只差沒打下他的牙當象牙。他很想建議主任讓他跑殯儀館路線，他想死亡就是死亡，死的人總不會再跳起來炒新聞了。他說給阿敏聽，阿敏笑得差點把鍵盤壓壞。

於是他還是繼續「繡花」編電視節目時間表。陳瑜剛不是沒有自尊心的，他全寫進了歌詞給阿戚，要他唱出他的心聲。於是那陣子有阿戚在的歌廳總能聽到一首長達十分鐘卻只有一句「哦，媽媽咪喲！」的重金屬歌曲。

記者已陸續進來，聲浪愈發大了起來，有個人說某某某見了本人眞是醜斃了，陳瑜剛想他大概是見到陳五妹吧。「你稿太多了吧。」稿字常被加重音兼淫笑地說著。「唉呀，我的稿到你那兒去了。」「你儂我儂嘛。」這是他們在印表機前常有的對話，兩篇文章混在一塊了。

辦公室的電視開得老大，八點多，有人已怔著螢幕盹著了。女明星對主持人說：「你說那個藥酒廣告啊？酬勞很好啊。」用手指頭比著七個位數，然後嗲嗲地說：「人家愛才也愛財嘛。」主持人捏捏她的身材抹抹嘴唇作吞口水狀。

陳瑜剛匆匆跑到廁所去上吐下瀉，他想是那便當不太新鮮吧，但別人倒吃得沒事，他覺得今天眞是一切都怪。

在蹲馬桶時，他想起了有一回阿戚也是這般上吐下瀉，他和阿戚坐在山頭，像望著黎明般地望著，可是四周卻逐漸在死灰地暗去。那天阿戚感冒，入夜，昏昏的要拿開水吞藥，卻拿到煤油罐，只聽他慘叫一聲，然後嘔吐，一個月後，阿戚的臉還是沉著黑墨般，唱起歌來都有煤味，「霉死了。」他還記得當時阿戚逢人就是這一句。

陳瑜剛嘴角浮著笑，突想到前一個五十九天的日子，也是沒見到阿戚，「他新泡了一個馬子，沒事兩人就租吉普車去露營。」水泥桶撐著快跟大鼓般寬的肚皮說。陳瑜剛聽了很不爽地罵，見色忘友的小子！倒沒去想天氣都要入冬了，露什麼營。

高三那年，阿戚得到全校吉他比賽第一名，在樂團簇擁中回到家，他老爹見到獎盃卻狠狠地當眾摑他一掌，阿戚自此和家斷了。他的歌聲在陳瑜剛看來是破鑼嗓，不過套句陳五妹的話：「阿戚就是棒在那份沙啞和眼神，別人學不來的。」當年她總算不是那麼盲目的崇拜著阿戚。

高中畢業後兩年，該去當兵的也都該上路了，卻見阿戚成天像他養的烏龜般不動，只是叼著菸悶著。陳瑜剛才知道他眼睛有毛病，「沒什麼啦，我也是七歲那年才知道別人都是用兩個眼睛看的，少一片水晶膜罷了。」怪不得，當他開可口可樂瓶子時老是斜著四十五度的眼睛，讓那個八婆陳五妹說酷呆了。

陳瑜剛似聽到有組長在喚他，從往事中回神，趕緊來到組長的桌前。用剛剛擦了屁眼的右手接過他這一輩子首次要下標題的稿子。

隔不久，他卻奔到了廁所大嘔特嘔起來，久久蒼白著一張臉。

他差點暈死在茅廁裡。

怎麼可能?怎麼可能!他在廁間反覆看著手裡不到四百字的稿子,嘴唇發黑地自語,稿子被他捏得一團縐。

稿子的內容是記者以極爲平常的口吻寫,土城電影公司尤疤製片極力照顧的影壇新秀吳小戚,五日在新竹縣與苗栗縣交界的南清公路清泉山區墜崖身亡,享年二十五歲。

尤疤製片哀傷地表示,出發前,他勸吳小戚天雨不要去,並扣著他的身分證不給,但是他還是拿了戶口名簿辦了入山證,未料吉普車卻在一處急轉彎山口墜崖。「上週五才找小戚和鸚鵡獎女主角談合演一部愛情文藝片的事,現在所有的計畫都不能實現了。」尤疤製片說。

陳瑜剛下不了標題,他抱著肚子大叫:「阿戚!你竟這麼一去不回。」然後他要阿敏幫他寫下這一句話。

組長瞪了他許久後,看他額前冒冷汗,想想要罵的話就算了。那一天他把舊的電視節目表拼貼到隔日要見報的版口。

當晚下班，陳瑜剛遊魂似地蕩著街。清晨五時，入冬以來，最強的冷氣團掠境，陳瑜剛薄薄地著了件呢毛灰外套，疾步踱到忠孝東路ＡＴＴ廣場前，向派報的人索借一份報紙，迅速翻到第三十八版，只見他的標題不見，最左下角有一百多字的「台北訊」，而中間是兩百級特黑中圓的斗大標題：「麥可，我們都愛你。」巨星的四張照片連排一氣。這時，全台灣只有陳瑜剛不愛麥可，十七歲生日吹蠟燭的那顆淚再度咚咚不停地落下，糊了報紙的油墨。

阿敏辦公室的人自那夜後就沒有再看到陳瑜剛，他們都在報紙的頭版看到他，他和阿戚在樂團的合照。「報社莫名挨子彈幸未傷及無辜　瘋狂青年旋即飲彈身亡」吃著早餐的街坊領袖陳太太無聊地唸著標題，忽地扯嗓尖叫說：「誰說學音樂的小孩不會變壞，他們是恐怖分子耶。」

自此，沒有人會去說和他們兩曾是如何如何好的朋友，包括以前迷死阿戚的陳五妹。她正在三級片現場，坐在粉紅色燈光的紗帳內被梳著宮女頭，「飲彈?頭一次聽到有人可以吞子彈，那一定是噎死的。」她看著報紙面無表情地自語著。

那家小報社在那一天的銷售量終於破了高點，開香檳慶祝中，誰也不記得穢氣的陳瑜剛，大夥只忙著舔吮主管說的話兒。

窗外的寒害正一波波地降下，新葉脆弱離枝墜亡。

那天陳瑜剛終於在過了十多個小時後遇見阿戚，他不怪阿戚沒有赴約，不怪他讓他費了如此大的勁來履行五十九天的約會。阿戚見著他只淡淡一笑。陳瑜剛在那樣的笑裡看見他們彼此都長了翅膀，風突然大大地颳起，他們收不回翅膀於是只能不斷地高飛，飛過成了眼中廢墟般的城市，聽見地下有人在唱歌，「媽媽咪喲。」

怨懟街

可是感情的驛站，她仍沒學會看清楚眞相……

1992年寫畢／1993年定稿／
1994年聯合文學小說新人獎作品。

當伍協躡手躡腳地把家裡的電磁爐搬出來的那個清晨，便注定要爲自己的一意孤行負起責任來。雖然所謂的世俗責任，對當時的她了解不多，而她當然也沒意會自由是要付出代價的。

甚至這個代價幾乎要呑沒她所賴以爲生的年華。

可是，有人相信，伍協就是伍協，即便知道要迂迴以獲取所相思的一切，她還是無法罷手的。

六月，校園總簇擁著一群人，在排列組合地照著相，踩著掉滿地的鳳凰花，紅汁印在泥地裡，被太陽一曬，成了乾赭豬肝色。只有伍協這頭是小湯在幫她取景，她撐著像死神罩身的大黑長篷，張手活像個孤伶的稻草人。

而學生宿舍，校內校外散置著舒潔、白蘭的紙箱，在陽光裡可以透見那被畢業生翻動的塵埃落了地。學不學成都要返鄉的況味在四周發酵著，連那標榜對峙的兩棟樓名：「台兒莊」、「滿洲樓」也有和好的跡象，至少四年來，他們終於做了相同的一件事：畢業搬家。爾後，到社會上再去搞立場、派別吧。

再遠的一棟平房「烏龍院」，竟然在拆牆，抗議剝削他們的房東。

也有些房子裡不時穿梭著低年級的同學，眼睛在屋子裡巴望著，也總不太失望地得到了舊衣櫥、書櫃、矮茶几、熱水瓶之類的東西。

伍協的學弟妹就沒有這份好運氣。

伍協在停課的日子，總是魂不在自己身上似的，鎮日趿著拖鞋，在屋裡陳腐著心情，無聲無息地出沒著。要不就是大白天裡拉上窗簾，營造黑暗，然後自以爲是晚上地倒頭又睡。她不禁想起校園旁的花店，有一種進口花，老闆娘說要先冰凍四十天再拿出來，花才會開。冰凍四十天是模仿當地花的原有生態，讓花以爲仍在原鄉，冬眠後才緩緩甦醒時，又易主了。買的人只在乎花的開放期。

黑幕果眞來襲時，她因餓醒了，起來洗把臉，找點吃的，一陣發呆，一陣昏眠。她沒有擰乾的毛巾，滴答滴答地落，書本間有蟑螂穿梭追逐的細音漾進了她的耳膜。

白日裡，好些次小湯來了，一腳踩到她，她也只是像隻倦貓似地輕吟一聲。

小湯喚她不應，這簡直是奇蹟。以往她可是像隻靈犬，老遠就能聽辨出屬於小湯的機車引擎聲，然後在鏡前整妝以待。

起先，小湯還用便當的香味在她的鼻前晃盪誘惑著，最後見她睡得連額前的劉海都溼透了，也不管。小伍協一屆的他，期末考才要展開，可得去溫書了。

其實，伍協一直醒著，一直醒著，可是就是起不來。她所冀望的動力，竟然就是讓時間停住，不要畢業。畢業考時，她料準會當一科，教授卻硬給她過關，她還跑去吵那個原本就相熟的老師，老師用很阿殺力的口吻說：「睡美人，妳玩的把戲，我見多了。」

最後還是威力無比的伍媽媽下了期限通牒：「再不給我回家，就斷絕母女關係。」習慣撂下狠話的伍媽媽，永遠是伍協自由的最大阻力。

於是，她拉開了厚布紫色窗簾，在陽光中，瞇著小眼打了個好大的哈欠。

午後的暖熱裡，她浮腫著眼泡走到水果攤，向老闆娘買了幾個硬紙箱，紙面滑手，走幾步就有一兩個抽離，陽光下，只見她慵懶的彎腰起腰，無視往來的學生肆放著嬉聲。回到牆是斜的小窩，她貓爪似地翻動雜物，清理泛著些許綠菌冷霉味的木櫃，才踮著腳跟撕去牆上照片的一角，她就在笑得燦爛的照片下哭了起來。那抽噎就像水壓不足時水喘流的聲音。

滿室被陽光蒸散的味道，是小湯的痕漬，有他上完體育課的汗味，帶點好聞的體味，甚至他的呼吸在伍協的鼻裡都是有味的。不經意被翻動找出的子彈型黃色內褲，繡有一隻馬的米色厚襪，三槍牌藍色內衣……，這些東西當時找遍了每一方寸也尋不著影子，甚至小湯找得生起氣來，還以爲是伍協故意藏著。

伍協蹲看往昔聲色，雜亂荒蕪的屋子，心想沒有一樣東西是可以給學弟妹的，也沒有一樣是可以丟掉的，當然也沒有人畢業像她這般銷魂的。

伍協會這麼害怕畢業，除了因爲她再也沒有理由不回那個家外，最主要的是她的承諾面臨兌現日。

「至少讓我快樂的畢業。」伍協說。一年前她的一句賴皮緩衝的話，沒想到小湯可是永遠地記住了。

升大四，新學期的開始。天氣悶熱的九月秋老虎，唯一的涼意是對面樹林的綠，小湯到她剛換租的房間，嗅著新漆的粉紫牆，小碎花窗簾，再望望兩人放大的合照，伍協依貼得像朵小茉莉開在他冷峻的山岩。

隔著一個長長的暑假，理應倍覺思念，可是才做了前戲，小湯就坐起來點了根菸。他很少抽菸的，一旦抽菸，就別具深意。伍協先聲奪人的眼裡已盈著淚。

「我們不要在一起了。」小湯還是說出了口，沒有想像中困難。

伍協哇了一聲作勢哭了起來，心裡還天眞地想，是不是因爲天氣太熱了，他才不想睡在一起，並不是想分開。等小湯霍然站起，她才意會起這句話的嚴重性，倏地跟著站起，扯著小湯的手搖晃說著：「為什麼，不要嘛，我求你。」小湯只是看著窗外，對面人家的鐵窗內吊滿一口子大大小小的衣服，他實在不敢想像因為兩個人結婚卻牽扯出這麼多人來。隔了半晌，小湯轉過頭來，手要去拉門把，伍協趨近擋住，急著說：「至少讓我快樂的畢業。」小湯看著她眼裡混合的慾念，頹唐地點了頭。伍協鬆了心撲回他的懷裡，顫動著小小身軀。

一年這般過去了，伍協眞不敢想像，彷彿只是吹口氣而已。打自她收到第一把慶賀她畢業的花開始，她就跟那花般與時俱凋。同學都在寄應徵函，只有她沉湎著心。

直到伍爸爸的車子趨至她的租屋處前。

那是陰霾下午，沉降悶熱的風，一輛鈑金岌岌可危，尾後流竄著長串黑煙的卡車，在艱難爬過斜坡後，車子像是在極度拉扯中，欲停不得地在前後震晃中熄了火。撞裂聲隨之傳來，一片竹籬笆傾斜了大半，天空還揚起了夏日所沒有的雪景。

打開車門的人是伍爸爸，他正忙著用拎了幾顆粽子的手揮舞著眼前揚起的羽毛。伍協和小湯及幫她搬家的大頭林目睹了這一切。

「我老爹的車子來了。」伍協忍住笑意向他們說著。

天邊的烏雲已在招兵喚馬，凝聚成無邊的桎梏，大雨將襲。伍協心想好個告別大學生活的一天呀，在這個新舊日子的時空交叉點上，悶窒竟是唯一的感覺。她看著適才羽毛飛起欲落的姿態，心裡還惦記著如果時間像相本裡的照片靜止不動，那該有多好。可是像她一樣希望時光停滯不前的並不多，看落葉終究要辭枝，身旁的畢業生吟唱著歌聲呢。

伍爸爸厚實龜裂的腳底大剌剌地踏在水泥地，然而目光往上攀移，就看穿其腳板厚實的假象，他走路的姿勢就像那片被撞毀的籬笆般，身體傾一邊，尤其是肩膀歪斜得更厲害，明顯看出年輕時體力的過度耗損。

伍協看著逆光中步履顛顛的老爹身影，心想該叫搬家公司的，對自己有了些難得的責難。伍爸爸來到他們眼前，嘴角還黏著一小片羽毛，遞給伍協粽子，逕自往樹下拉褲管一坐。稍有息斂的風伴隨初蟬送來，像蒲團大的葉子咚地落在他頭上，伍爸爸拾起葉子閒適地搖擺著，竟有種黑面書生的況味呢。伍爸爸奇怪著怎會有這樣的學生宿舍呢，有曬穀場、曬羽毛，遠遠的還有牛鳴。伍協這邊沒有閒暇去注意伍爸爸手腳仍瘦削，唯獨肚子卻大大的變化。

雨就在伍協念了四年的所有家當扛上車後，一滴一答地飛空直落，幾個人東拉西扯地撐開帆布雨篷的四個角，唯獨伍協望著天，臉承接著水，想著四年的生活竟沒有這場雨來得真切呀。在引擎聲噗噗大作裡，伍協還是隔著車窗凝結的霧氣，印上唇記和小湯算是道別。車子行到下坡，伍協藉著擦霧氣，悄悄拭去淚。伍爸爸看在眼裡，不解也不說話。

那年夏天，端午節遲至六月中才來，於是伍協在瀰漫著竹葉肉燥蒸騰的空氣裡，穿越鞭炮大肆的小巷，像是被迎接般的衣錦返鄉。

她一身T恤短褲的站在老屋前，聞著左壁廟宇的香火味。屋簷外掛著幾串粽子，粽子摺角的空隙，汨汨滴著油汁，直滴落成似原油外洩的小川。回家已成事實，她捏著發痠的臂膀想。

鄰厝的小孩打自卡車駛進，就好奇的圍觀著。有個小孩則只盯著粽子瞧，伍協在把箱子搬到地面後，索性坐在箱子上，和小孩對望起來。還是伍媽媽要把另一串蒸好的粽子拿出來晾乾水時，才解開一粒粽子遞給宛如釘樁的小孩。

「嚇死人啊，一脫拉庫的東西，看妳要往哪擺。」伍媽媽國台語夾雜叨唸她，內心是高興滿溢的，只是原本就面惡的長相，在一生苦難的折騰中愈發習於厲聲厲色。

像此刻，伍媽媽看著自己唯一的女兒學成歸來，吃著自己親手包的粽子，真恨不得到街上去嚷嚷幾句。伍媽媽笑意盈盈的逡視街坊行人是罕見的，她是這條街有名的「刀子口」。有次她在午睡時刻，來了一輛賣四物雞的車販，擾她清眠，便要車販把音量關小。可是伍媽媽找人理論的聲音可遠遠大過四物雞的聲音。

所以我們也不難想像伍媽媽笑意保持的時間性了。在她發現蹲在一旁大口將肉粽往嘴裡送的丈夫後，開始變化唇形，畫面突然像看大爆笑節目整人的快動作轉速般，很是異於街上節慶的氛圍。伍協從小就很能抽離這個情境。她看看鄰人，這個夾雜雲嘉一帶外來人口的強悍性格，生莽而灰樸。孩童時代一家老小圍著小桌子做著梳子、項鍊、鞋子等等代工，卻是伍協對於家最美好的印象。

綠苔攀生的老屋右鄰是一棟翻建的七層大樓，此時還只是水泥外觀，露在街上的正面，像是寫滿了井字。她的家漸漸隱噬在陽光之外了。陽光也可以被錢買走，伍協想。

她看到她媽媽已經在拆翻她的紙箱，她知道她有將要被囚禁的感覺。

記憶中是端午不久，糯米尚在胃裡發酵著，感覺打個嗝都有肉燥的氣味，伍協便上了班。還未喘口氣做好準備，有的紙箱還散落著，她就糊裡糊塗的成了班上第一個社會新鮮人。收到通知單時，她才想起來，有次生小湯的氣，跑到系辦去看報紙，助教見了她問想不想找工作啊，她當時在情緒上點了頭，塡了資料，助教就安排遞了去。就這樣被錄取，伍協也不置可否，她對找工作還很茫然，一天到晚上班穿著畢業前小湯給她兩千元，她自己選購的一件連身洋裝。

工作的薪水少得可憐，不過她很能釋懷，並且不顧伍媽媽的叫囂反對，和那家公司簽了一年約，伍媽媽知道了，只好用那家公司錢雖少但很正派來安慰自己說女兒在那裡很安全。雖然有時候不免會叨唸人家附近的阿芳只有國中畢業，一個月薪水都比小協多呢。而伍協的心則只懸在淡水的小湯，對於此家公司絕少加班的情形，毋寧勝過薪水的計較。唯一的痛苦是趕八點半打卡，這著實令過慣了慵懶四年生活的她，覺得賺錢眞辛苦吶。有時她竟天眞的想，要是和小湯結了婚，她就不用工作了，至少也可以當起老闆娘。大學，有一年暑假她終於去他家玩，促成的原因是因爲大頭林要去，伍協才得以成行，伍協當然不這般想，她不去想爲什麼她不能單獨去小湯家玩的原因，只去記那美好的一幕。她清楚記得當時他們玩踢足球，小湯奮力一踢，球滾得好遠，伍協跑過幾畝田，越過椰林成列的小徑才撿起。回頭一望，稻苗盎飛，小湯家的大理石工廠占地好廣呀，擎天怪手正要把一塊巨大的花崗岩送進切割的機器，伍協看呆了，直到大頭林喚她把球丟過去。

那一刻對她起了什麼作用，她當時並不確切，只是畢業旅行到澎湖玩時，她買了一副對稱文石，趁死黨不注意時，把印章的另一半刻了「湯辭」二字，兩個人都單名，多對稱，只是現在還躺在紅絨布面的盒子裡。畢了業，伍協愈發覺得不知何時才能將這對印章蓋在結婚證書上，想到此，她上起班就愈沒勁。

只是每天的日子還是在起勁地上演一式的劇本。

約莫在清晨五點的沉降空氣裡，隔著木板門澹澹傳入伍協的哥哥伍元在聽誦經梵唱的早課樂聲，每每使她錯以爲是身置寺廟，總要愣上一晌，捏捏臉頰才又倒下，然後也不知是在翻了幾次身後，才在舊鐘聲裡跳起，直奔浴室，還是來不及戴上隱形眼鏡，鞋子套了一半就跨出了門檻。

一路邊追公車邊垂下眼瞼看看衣服有無內裡邊線跑出來。這種慌張神色，她早已熟識。小學趕早自習，進校門常被糾察攔下來，因爲沒有「名牌」，而其實是穿反了。往後低頭檢視衣服常成了下意識的動作。

待上了公車，眼皮彷彿缺乏隱形眼鏡在內裡的支撐力，使她一路昏睡到統領商圈。至於上班發生過什麼事，她好像從不記得過。只那麼一回，她知道僅有那麼一回，她還在睡夢中，被突如其來的一張黑漬的臉駭醒，從座位上跳了起來。

「到了啊。」拎了包包往下走，可是怎麼白茫茫的，還看到司機也下了車來，「拋錨啦，別人都搭別輛車了，就剩妳嘍。」司機把三角形標記置於車後轉頭向她說。

偏偏那天她又忘了戴有框的眼鏡，瞇著眼才看清楚車子停在台北橋的中央，大卡車經過把她震得裙襬飛掀，霧氣和著沉沉的車煙，不動的河水臭味依稀，伍協望前看後，心想兩邊都一樣遠啊。伍協試圖招手，就是沒有一輛車子因她停下來，倒是在橋上站崗的衛兵拋來戲謔又關注的眼神。當天，她看到報紙的國際新聞，說是有個美國人每天坐車都是一路昏睡，有天夜裡火車故障，恰停在河邊，他不自覺的反射動作以為車停下，到了站，他也沒看就往下一跨，掉到河裡死得不明不白的。

爾後，伍協學會了看清地點再下車，可是感情的驛站，她仍沒學會看清楚真相。也許一切都在緬懷中，但她知道僅有那麼一回。唉，誰關心呢。很多人早失去了「角色」原來面貌的價值了。而伍協則沒有社會新鮮人該有的衝勁，最多，只是在每天快到六點的時刻，心在去與不去之間略微擺盪一下，然後一到下班時，她就感情勝過理智了。

於是她換了兩班車到了母校，找著了小湯，厮磨一陣，晚上再搭末班客運回家。

有幾次時間沒算準，小湯便用機車載她一路狂馳追車。伍協坐在車身比一般摩托車都高的墊子上，肆意唱著「高人一等，高人一等，騎了DT高人一等」的奶粉廣告曲改編歌，她緊緊貼著小湯的體溫，眞希望永遠都不要下車。她就知道小湯不會丟下她的，「畢業分手」之說的陰影她逐漸除去。

果眞有那麼一次，許是小湯有意放慢速度，他沒有追上綠色車身的公車，因而一路騎經關渡大橋，經蘆洲防波堤，在三重閃熾的燈光裡，穿越入巷的兩家茶室，在三夾板傳來的演歌聲中，伍協跨下車身，白日裡在河邊喝彈珠汽水留下來的五彩彈珠，從外衣口袋裡滾出，一路彈落下水道，小珠子和水輕震的微音，讓伍協怔忡冥想小珠子掉到水裡，和著污泥，一派沉淪，任誰也救不了，它空有五彩之顏。

小湯在沉默的幾秒裡淡淡問伍協的家是哪一間，她遙指巷底的老式公寓，小湯點點頭，手扭動著車把，調了車頭離去。伍協沒有回望，走進巷子，穿控巴拉褲的茶室男人正巧出來，嘿嘿地朝她笑著，鬆垮的女人掐男人一把，謔說剛才還爽不夠是不是，伍協也不害怕，耳朵裡還盛滿小湯離去的車聲。

至於小湯唯一來過她家的一次，她想都不必想，因爲那是唯一的一次，也是小湯在相待上的極限了。

那是伍協每次必然報到的星期天。假日裡她總向伍媽媽謊稱和同學去郊遊，實則是一個人孤伶地夾雜在一堆戲玩的青春裡。她到小湯的住處時，小湯通常還在睡，惺忪地開了門又姍姍地回床上續睡，伍協也脫下長褲，僅著乳白內褲倒在小湯旁邊。有時小湯會喚她把上衣脫了吧，然後手臂一伸把她掠來身旁側躺著。伍協小小的乳頭輕輕摩娑著小湯凹成像一大條法國麵包的中心背脊，在滋味著小湯的體味裡也補著大清早未睡好的眠。

那是個大熱天，睡到近午，已像個蒸籠，小湯喚她一起沖個涼。彼此對沖時，小湯眼睜睜的回過頭來看著伍協，伍協不自覺就用手遮掩胸部，小湯卻摸著她的頸子說：「妳沒有不舒服吧？」伍協待要張口才發現喉部有點躁痛感，小湯把她拉到鏡前，抹掉溼氣，鏡前的她臉部有著小小的紅斑，伍協想完了，是不是小時候扒飯沒扒乾淨，媽媽說她長大了不是個麻花臉要不就是嫁給一個麻子。小湯比她小一歲，年輕又俊美，那當然是她變麻子了，她不禁害怕得想掉淚。小湯輕聲的喚她不舒服早些回去吧。

當晚伍協趕在吃晚飯前回家，伍媽媽驚訝說：「怎麼，郊遊不好玩啊？」伍協沒吃飯就悶在被窩裡睡，耳裡淡淡有伍媽媽進來喚，叫不醒她叨叨憤說著：「小的老的都不吃飯，不洗澡，眞不是個款。」星期一早上，伍協的睡意全被布滿身上的斑點給嚇醒，在浴室裡尖叫，把在曬衣服的伍媽媽震落了手中的衣裳，跑進來瞧怎麼回事。

「出水珠啦……咦，細漢時妳咁沒出到？」伍媽媽思索著。然後幫她請了一星期的假，帶她去打針，千叮嚀萬囑咐她可不能將水泡擠破，要不就成了貓臉。

「看妳以後要嫁給誰喲。」伍媽媽說，伍協在旁邊小心地在臉上塗抹粉紅的藥膏邊想嫁給小湯啊。

病發的第三天，小湯關懷地來了。在她最醜，最沒有僞裝能力的時候來了。當然事前打了電話，問她家裡有無其他人在。伍協忙不迭地說家裡只剩她一個，然後再把伍媽媽騙出門。她整個人便像豎起雙耳的貓咪，鬆開著毛細孔聽著過往的每輛機車聲。

電鈴響了，她在沒有意會中小湯突地出現在眼前，把她駭了一大跳。「你沒開車嗎？」「我當然沒開呀，摩托車是用騎的。」伍協探看窗外，一輛小綿羊紅色機車在門口吐著熱氣，原來是騎別的，怪不得沒聽出來，伍協心想。卻沒去想小湯爲什麼騎了個女生型的小車。

小湯遞給她一個史努比的黑色皮面背包，她笑得連眼睛都皺在一塊，小湯可是很少親自買東西送人的喲。

爲了怕伍媽媽臨時跑回來，他們便去三重最熱鬧的街看ＭＴＶ。伍協臉部圍著圍巾，只能倚在小湯旁，連接吻都不成，眼睛直盯著小螢幕。好在那片子挺好的，是小湯喜歡的那種憂鬱頹廢的調調。

天黑才回到家，伍媽媽把她狠罵了一頓，說她水痘還那麼多，如果不怕變醜，不怕嫁不出去就儘管出去玩好了。伍協充耳不聞，只對著背包親了又親，她覺得自己和小湯就像史努比和小鳥糊塗場客，彼此互倚著，像對深情不移的戀人。伍媽媽則邊炒菜，從伍協必然的罵到了伍爸爸。那個背包，她一直用到史努比的顏色都褪卻了，背帶斷了，縫好，又斷，然後在修理師傅的搖頭中，始珍惜得像個標本般地束之高閣。

其實，伍協下班後並沒有每次都找著小湯，雖然小湯明知道她每天都想來，而且也都會來。伍協並不是沒有意識到這一點，但是她難耐在家的相思與猜疑，總像賭博般地下了注：「去了再說。」於是在通往小湯住處的小路，看見小湯屋裡的燈亮著，她便彷彿中了彩券般狂喜奔去；若是老遠見燈闃黑，腳步便遲緩而頹喪。

每天她都向伍媽媽說要加班，伍媽媽心想怎生了個沒出息像丈夫的女兒，錢少還日日加班，而且還簽賣身契。然則加班的話講多了，也會被識破的。

那天，合該是出事的日子。

晚上，雨很大，她記得風吹得人七葷八素的，可是她沒有找著小湯。在學校的側門小路，社團活動剛結束的學生經過，揚起一陣喧囂，鹽酥雞小販炸得油鍋嗤嗤響，圍著熱熱殷盼的青春，把冷清遠遠拋給了一角觀望的伍協。

伍協走遍了幾個小湯會去的地方，包括站在渡船口眺望江邊。那時，天空拚命彈雷，發出咚轟的聲響，在水和天連成一線的地方閃著電，淋了一身溼的她心想：「今天眞是倒楣啊！」早上，她出門的時候，儘管天還透著陰色，卻沒有下雨的跡象，媽媽塞了把傘給她，卻被她悄悄放在大門鞋櫃一角。

結果，公車才駛進車站，就開始飄下一絲絲雨，然後終其一天就一直飄啊飄的，弄得人很煩。下班還在猶豫要不要到淡水時，到北門的車子就來了。她想，反正毛毛雨嘛。等到北門換上指南客運時，在大度路上隆隆的大雷在空曠的綠野啪啪怒響，雨嘩啦地拚命奔灑下來。她還天眞的安慰自己，也許小湯會到車站接她。

下了車，小小的騎樓站滿溼漉漉的一群人，她只消瞟一眼，便知小湯不在裡頭。簡直是癡心妄想呀。她往小湯住的地方衝去，雨路滑溼，讓她在經過三大街和九叉路時跌了一跤，褲子在膝蓋的地方，擦破了小洞。彼時學生出來覓食的人正多，伍協顧不得疼，只想要是有小湯他們班的人，那才完蛋，想她小協在那班上，還小有聲望呢。

最後，在伍協猛按電鈴，沒有回音的那一刻，欲冀小湯溫暖懷抱的慰藉也幻滅了。附近的學生租處，似乎在玩心臟病，一個女同學的尖叫聲穿透好遠。伍協繞來繞去又回到小湯的公寓大門，等到末班車的時間快到了，才敢絕望走開。

十一點半了吧！她終於歷劫歸來，天空反倒乍然無聲，她啞然失笑。站在閉眼都能描繪的鐵鏽古青色門前，掏出鑰匙，扭動一下，門把沒有動靜，她頹喪地輕撞著鐵門，身軀緩緩滑坐在石地上。

對家院子裡的桂花香在大雨初歇後，十分爽鼻的滲出淡淡幽香，舊圮的路燈微弱地射在冷溼的街上；蒙上水霧，愈顯孤荒。伍協將臉埋在兩個小掌中，光滑的細脖子，髮上水滴失速地墜入衣領，陡地涼颼起來。記憶中，自己不知蹲坐在這個門外有多少回了。除卻大學四年的校外生活。她永遠弄不懂，爲什麼他們要在灰姑娘還沒趕回家的時候，就把門給反鎖起來。何況灰姑娘晚歸，並非每次都和王子有關。有一次，眞的很冤。小湯回老家，於是她也沒作多少耽擱地早早下班等坐公車。雨季的台北，車窗緊閉，熱氣在挨著肩的擠仄裡徘徊不散。以往車流雖緩，那次卻是久久未動，站在車尾的伍協靠著車頭人傳話及漸漫開的喧嚷中，才有了事件的輪廓。原來是有位小姐的皮包被扒，要求司機檢查每個人的皮包，司機說他沒有權力而爭執不休。最後，司機把車開到城中分局，折騰半天，也沒結果。結果是伍協回到家仍然晚了，就像她今天一樣。

懲罰她有用嗎？她想。

國三，當別人在幾何、機率，長江流域流經幾省的瞎背時，她和阿麗已是西門町的識途老馬。有一回，在來來百貨公司七樓咖啡屋外，看見欲落淡水河的火紅夕陽正掛在窗前，「進去！」兩人在同聲的當下，已看中了窗邊的位子，很假想式的悲悽，往下望著攢動的人身。那是她第一次喝咖啡，一種時髦的感覺，頭上卻頂了個耳上一公分的西瓜青皮。

那次付錢不知道要小費的，把藍裙子的口袋掏遍了，才勉強湊齊，櫃檯小姐丹紅的指甲小心地把錢撥下來，唯恐那發皺的鈔票弄髒了手指。伍協看在眼裡，那分薄薄的難堪，她可入了心。爾後她碰到小湯，暗自假想她日後是湯氏企業的風騷老闆娘，可能和這個遠因有點牽連吧。

當年她和阿麗就是這般晚歸了。阿麗家是在一樓，開著鐵工廠，全家人住在從一層樓切割一點高的閣樓，小孩子不覺得閣樓低矮。到了發育的青春期，就只好每天往外跑。阿麗常偷些鐵片賣給小販，而伍協則利用做小生意的父親午休，偷翻父親解下來的錢袋，拎了幾張百元鈔。最常去的是一橋之隔的西門町，要不在自家附近沸騰的夜市裡挑三揀四，高興滿滿地買些著成衣。總之，很少不到夜市小販的燈熄，她們是不會走的。即使早歸，兩人還是在路燈下，扯個沒完。

有幾次伍協沒被關在門外，是因爲她哥哥站在陽台上盯著她兩說話。起先還不知道哥哥一直在監視著，還是阿麗在數天上星星時，無意瞥見黝暗中的人影。

「小協，那個人好像妳哥哥。」阿麗拉拉她。

「完了，我得進去了。」伍協於是趕緊翻了翻塑膠袋，把屬於她的東西拿了出來，兩人急急往各自家的方向進去。

若是不幸被反鎖在門外，伍協心裡明知是「陰謀」也只能死按著門鈴大肆聲響，全家除伍爸爸外，全醒來作陣以待。尤其是伍媽媽除厲聲數落外，還會一把搶過她手裡的東西，一樣樣地翻扯摜到地上，大聲嚷著要把她買的衣服全剪破。

伍協嚇死了，趕緊拾起來護衣回房。見客廳的燈熄了，媽媽和哥哥睡覺的鼻息傳出，伍協才悄悄地點亮小燈，把剛買來的衣服試穿著，在鏡前大氣也不敢多哼一聲的看著自己。

伍協家裡人的脾氣，她也不是不知，只是有時她乍見天放晴，她便全忘卻了。有時她和哥哥聊天，聊久了，便說她自己。有次，她沾沾自喜述說著：「你知道嗎，我今天和阿麗走在路上，有一個男生一路騎著腳踏車搭訕，說要和我們辦活動，他說是念三專的，阿麗就說太老了，不要。那個人急得騎到我們前頭，說是三專呀不老啊，我們還是一直走沒理他，後來他追上來，才聽清楚他是說念商專，是商專三年級的五專生。我就想我們是高二，差一屆而已，可以考慮考慮……」伍協還沒說完，還在興頭上，哥哥倏地站起，只說了聲三八。

印象最深的是她大三的暑假，有次也是看完電視，大家坐著有一搭沒一搭的聊，電視新聞正在探討大學生住宿問題，伍哥哥閒問：「聽說你們學校同居風氣很盛。」伍協聽了還一副知此事最深莫過她的表情說：「對呀，我們學校側門有一條街就叫墮落街，不過那只是一個象徵而已，裡面不外乎有比較多的撞球間、手足球、電玩罷了。同居，到處都有，也不只我們學校，冬天山上天氣冷，可能同居率高一點吧，我覺得那也沒什麼啦。你知道當歸鴨她不就是住在校外嗎，有一次我去找她，在那邊過夜，早晨醒來，每個房間都多了一雙男孩子的大鞋。」

她哥哥竟衝著那句「我覺得也沒什麼」然後一整個暑假和伍協冷漠著。起先伍協還以爲是念研究所的哥哥太忙了，直到開學要回學校的那天清晨，還是在梵音嬝繞裡起床，哥哥拿了一個全新的白色隨身聽給她，還是不說話。伍媽媽則說聲：「妳要卡乖點，毋通亂交男朋友，跟別人同款。」那時她剛認識小湯，心裡虛應著好，頭也不回地換公車到台北車站。至於她老爸據說是在伍協返校數天後，才知道她不在家了。

淡水是她塡大學志願最近的一所，她從離家最遠的南台灣開始塡，塡到北部時只考慮可以住校的淡水，未料就情定於此。

車駛入竹圍站，經過白色粉牆的蘋果牌內衣工廠，一顆火紅的大蘋果豎在鐵欄杆上頭，那是她第一次離家住的地方。上榜暑假，她和阿麗到此應徵作業員，每天的工作是檢查要出廠的衣服。在女工宿舍住著，有時下工就在陽台看男工打籃球，那時伍協莫名其妙被喚作貂蟬，後來才知男工裡有個帥哥背地裡叫出來的，聽說那人有三個女金釵，獨缺貂蟬，中午吃大鍋飯時看見低頭悶悶喝湯的伍協就撞同伴的肘說：「那裡有個貂蟬。」伍協聽了只是笑，總想無所謂啦，自己不過是這裡的過客。沒多久她們就跑到不遠的福樂冰淇淋打工，想說有好吃的，結果每天在震聲奇大的冰櫃裡看著冰淇淋成形，而要吃冰淇淋還是得掏錢買，有時當然不免會趁工頭看不見，偷偷做壞幾個好拿起來吃。新生訓練，訂做的大學服綳得好緊吶。伍協想，其實以前打工滿累的，可是只要能離家便是可行的路了。

那年她在車子彎進紅樹林時，覓了個靠窗位置怔忡起來，凝望著純白色的隨身聽外殼，想這是自己好久就要的，哥哥竟心細到完全知悉她要的顏色型號，打開隨身聽，內匣裡已放置一卷錄音帶，按下後，沉穩的男低音在火車的行駛中窒窒傳來。

她哥哥諄言以教的音量教她難信一個暑假的疏離。她看著遠方的雲沉降在觀音山頭，愈聚愈龐大，在集結各方浮雲時，慢慢靠攏的地方間隙著天光，微光想要落在悠悠寂寂之河，挑動河的心情。她想，自己就是那絲隙光，極力要從雲縫穿出和水幽會。

是的，一直都這樣，伍協的孤執使她和家裡的關係一直是在建設與破壞中極度拉扯。

像高中聯考，她的家人都等著她穿綠衣服，進第一志願，結果偏偏到國三她的心飛遠了，只吊上了尾巴。大學落榜，使從小獎狀可以貼一整面牆的伍協竟成了伍家最不可被期待之人，著實令她的家人陷入一種極度的失落。伍協漸漸有了不忍之心。尤其對於陪考的哥哥，唯恐她考試不順，中午爲她走了好遠的路去買了綠豆稀飯。只因她說一句天氣太熱了吃不下飯。

想像一個文質彬彬的書生，頂著熾陽由一女中考場徒步到中華路，拎著一袋充滿希望、像大力水手吃的菠菜般稀飯，而吃過粥的伍協依舊在考場裡望著試卷，卻專心聽起樹上的蟬鳴。爾後這個印象折磨著她的心。

於是在沉睡些時日及嬉戲膩了時，她才重拾書本到南陽街報到，只爲了這不忍之心。她想反正到補習班吹冷氣發呆著，日子也不算太壞。

這個不忍之心就在歲月中時而隱現消長。總之考上私立大學於伍協已經是交代，更何況還可以離家住校。從此這個好似叛徒的不忍之心，可以替換上其他的心情了。第一個接班的心，據事後伍協想起來，竟是直屬學長和她見面的第一句話：「什麼是university，就是由你玩四年，發音很接近吧。」

玩四年只是時間的意思，其實也讓她原本漸行漸遠的心，有一飛千里的大跳躍影響力。伍媽媽悔不當初，不該聽信伍協說學校規定要住校的，「一個查某囡出外住，一定會學壞，胡亂來的。」伍媽媽覺得果不其然，她從伍協四年返家後的作息，更堅定了這個看法。伍協家的方圓一里內鄰人，在伍媽媽的聳動言語下，都打算只讓女兒選可以通車的學校就讀。

這一晚，她闊別四年的情景又回到此刻。好久不曾蹲坐在門前的水泥地，撫著在淡水擦傷的膝蓋，隱然覺得屋內的人宛若蓄勢待發的群集雲塊，待她一進門風暴就要捲起。伍協打了一個大哈欠，看了錶，時間已移至十二時二十分，路燈此時燒滅了，連光都不想照亮夜歸人。伍協無力地起身，觀望著旁邊的石柱電線杆，有種想攀爬入內的衝動，等到目光移到牆上布滿的碎玻璃，她便只好手指一伸按著門鈴，耳朵豎著，貼牆聽屋內的變化。靜謐黑闇，有搖頭電風扇的齒輪咬合的老邁聲，冰箱冷凍室在除霜，冰塊退冰從壁上彈落的撞裂音，隱約裡那隻有白爪的斑馬貓，發著嚶啼不安地觸碰門板。伍協不自覺地低喚斑馬！斑馬！貓爪只無力的在木板上摳扯著。伍協笑得冷了起來，想自己可不瘋了，竟想要斑馬貓來開啊。牠自己不過是另一個伍協罷了，牠也想出去透透氣。

趿著拖鞋的大剌剌步伐聲逼近了。

「啥人？」伍媽媽的嗓音。「我啦……」她長而悶的回答。

舊式的鐵門才咭咭拐拐的拉到一半，伍協便矮身竄入，斑馬貓不意被她踩了一腳，恨得牙齒咬磨，毛豎得像她在卡通裡看的樣子。伍協可顧不得了，耳後媽媽碰緊內裡的木門，門卡不緊的咿呀又開，伍媽媽像罵門也像罵女兒的衝口說：「眞不是個款！」待她捻了窄院的黃燈，進廳見了伍協又開聲：「妳這個死查某囡，幾點了，累死了，還要七早八早的人起來給妳開門。」

伍協嘟著嘴老大不高興，還不知道這是預謀。寃枉地嚷著：「誰忘了嘛，把門反鎖起來，害我有鑰匙也打不開。」「要死啦，自己做錯，還怪別人。」伍媽媽竟不打算回屋內睡覺，用蒲扇打了伍協肩膀，伍協像斑馬貓般地哼叫了一聲。然後坐在凹成圓滑面的竹藤椅上解著球鞋帶。「妳沒一隻公雞力，這呢晚了，要是有壞人給妳抓去強姦，妳一世人都去了了。」「拜託！」伍協聽了嘀咕著。

「有什麼不滿意大聲說出來。」伍協駭了一跳，心想元兇現身了。她哥哥續說；「是我鎖的，一天兩天也就算了，常常這麼晚回來，家裡又不是旅館，我看搬出去算了。」

往日老是被鎖的不快全湧了上來，「搬就搬嘛，又不是沒地方去。」伍協想起小湯的窩，便把話一拋。脫下鞋就往房間跑，一把被媽媽拉住。

「妳敢搬出去，我就打斷妳的腿，眞不懂事，是愛自由還是愛媽媽。」伍媽媽說，又用蒲扇敲她一記。伍協這次連哼都不哼了，斑馬貓在咬著伍協的鞋，伍協想她不過是想像牠這樣的嬉戲嘛，爲什麼他們要這般驚心動魄呢。

那一晚，每天神遊從不管事的伍爸爸，突然知道責任地出來表示關心，溫和如夢語地說大雨過後，菜價一定會上漲，不用煩惱哩。伍協暗笑菜價上漲才完蛋，媽媽要大叫：「你們去吃屎好了。」

伍爸爸穿著約在大橋底下或是公保大樓外買的繪有藍點的寬鬆四角褲搖搖晃晃如廁、沖水，哼著鄉曲回床。然後不一刻，他的磨牙聲穿過薄門，傳進伍協片刻空閒的耳膜。廳裡的戰火被伍爸爸突如其來的不相干話打斷了半晌。

伍協母女兩各自看著自己的爸爸、丈夫，不去揣測他的話意指爲何，卻各自遙想著無邊的心事來。

伍媽媽想這個來自彼岸，終於勉強教會她國語的人，除了十幾年前，還有點英挺之氣外，這幾年已是頭髮漸稀，老態愈顯，從無所謂的事業，一直在倒楣和虛夢中神遊。她有時也不免恍惚起來，疑惑當初怎會嫁給他。

「五月花，五月花」伍協稚嫩未開的嗓音。那是每當伍媽媽操著不太純熟的台灣國語在門外呼喊「伍一發，伍一發」，著實讓伍協七歲以前以爲爸爸是一種衛生紙的名字。

在片刻的靜默裡，伍協被拔尖的聲浪回歸現實，「下回給我穿這款衣裳，妳的皮就綳緊一點。」倒楣的是那天伍協穿了較暴露的無袖低胸上衣，肚臍還隱隱若現，小湯無福見到，伍媽媽看了可十分礙眼。

「穿得不搭不七，敢有親像好查某囡樣。」伍媽媽敲敲她因雨引發的風溼痛，猛捏幾下，然後站起，啪的一聲順勢熄了燈。「緊去睡，別再耍花樣。」媽媽進了房，黑闇裡仍傳來她吼著伍爸爸的磨牙聲，「吵死人，父子同種，前世欠你們的債。」

伍協在黑夜籠罩下，才想到哥哥似在爸爸出來時就回了房，一切的吵雜在指針一時沉澱。斑馬貓竟鑽在她的鞋裡睡著了，只留尾巴在外招搖。

木板隔的房間，一分為三，伍協居中，前聞爸媽暮年深厚的鼻息，後聽哥哥少壯地輾轉反側。伍協則定定地躺著，眼睛環伺，記憶流到相似的位置，卻在不同的時間狀態中翻攪著。

高三以前，她的房間也是位處中原，只是怪怪地被分割，像一條小河叉出支流。伍協所謂的房間便是從哥哥們的大房間裡隔漆著全白的木板，一張單人床，一只書桌，加一道門中門，剩下的是的個身體迴轉的容度，這便是全部了。

當年自從伍媽媽答應給她一個屬於少女所屬的房間後，伍協便在國中生的沉重壓力中獲得幻想的可能。一天在手板被打得像要下鍋的紅龜粿，放學便和阿麗在麵店吃碗湯麵，爲了能及時看到小甜甜和安東尼接吻鏡頭，好讓遐想撫卻手掌的燥痛。回家和阿麗穿越一座樹葉像烏雲的公園，走一半路燈突暗，她記得阿麗的尖叫聲一直拖到出了公園才止。而讓伍協不舒服的是一個面目不清男子經過她時，手摸了她一把。伍協出了公園時臉色很沉，阿麗見了始噤聲。

回家，見媽媽正在指揮工人把木屑之類的清除。見到小協也沒責問爲何又晚歸，只忙不迭地說快進去看。伍協想難不成變出一個房間來。她拐進房後，卻愣在原地，這就是房間？小得只能供一人躺，還有一面油漆不勻的三夾板。「這好像停屍間！」她說這句話時，身體被媽媽揮來的巴掌震了好幾下才停止晃動。

往後日子的進出全要穿過哥哥們的房間，那時大哥尚未娶親，二哥尚未公費留學。伍協打開自己的小門，便老看到三個光頭哥哥並排念書的情景。那青黑的或扁或禿的頭形、卡其色制服的背影，伍協總訕訕然回房，想怎他們定力如此之好。

有一回半夜，許是她睡得不安穩，人一直往下滑，腳就搭上了書桌旁的木椅，椅子貼著門邊，腳一震動，椅子就往牆撞，發出像敲木門的聲響。

她三哥伍元，也就是常反鎖門，今晚要她搬出去的那個。他一向淺眠，聞聲跑出去打開門左瞧右望地闃寂無影，可那聲音在持續咚咚敲。嚇得他搖醒其他兄長，三人拿了掃把屏氣以待。稍晚，才在心定一陣，辨聽音源之所在，才發覺是在伍協的房裡，見她兀自昏睡，又氣又笑地拖她到床上頭。

隔日，伍協全不知有這麼回事。

現在，她彈動著偌大的彈簧床，前頭的化妝鏡泛著紅燈蕊光。玩偶娃娃微笑著。考上大學的漫漫暑假，伍媽媽終於拆掉木板，將兩個大房間改裝成三房格局。共花了十幾萬元，還添了床，就是此刻她失眠躺著的這張床。

工人搬來床的那天，她正在院子看太陽花開，母貓洋子前些時生出一窩小貓，只留褐紋的斑馬，其餘送人了。豔天下，洋子噬咬著毛，伍協在想，洋子不久又要便祕，吃化毛膏才能拉屎時，洋子卻大聲哀嚎，伍協看到一大面床下立著毛茸茸的四隻腳，其中一隻踩著了洋子，洋子倏地攛了斑馬躍上低矮的腳踏車吊的花籃裡，目光警覺。伍協這廂也沒好感，站起望床的樣式，馬上就擋在前頭向工人說：「我不要，我不要這種樣子的。」工人可不想再搬回去，一聽呆住了。伍媽媽直說：「傻丫頭，現在有點錢了，不懂得睡好的，眞是以前窮傻了。大才好啊，眞是傻丫頭。」邊指揮工人搬到房間。

就在一切布置妥當，還會因風飄來些微的油漆味時，伍協卻跑去打工住了女舍，開學更是身心皆在外了。房間的主人還是落在伍媽媽，表面生氣著，心其實也算樂於進駐。直到伍協畢業返家，伍媽媽才又「死人骨頭」罵個不停地回到丈夫的身旁。

這個房間絕大部分都像個受過苦的中年婦女陳設，大而傖俗，色彩不調。如今又多放了伍協搬回的學生型貼皮書櫃，達新牌小碎花塑膠衣櫥，還有小湯幫她釘製的小桌子，她迷戀的詹姆斯狄恩、約翰藍儂海報。使這個空間過時上年紀的氣味添了股對青春的眷懷。

她扭開粉色的床頭燈，熟練地從一排書中找出其中一本，照片從摺痕最多的地方掉落。小湯倚窗，眼神不只是年少不安，憂悶彷彿水晶體映在水雲間。只有伍協知道他望的方向。以眞實距離來看，小湯的視線最遠應該落在群樹像火燒色的一座修道院，她和小湯誤闖過，修女還狠瞥了伍協一眼，伍協被那一瞪，吐吐舌，訕訕自語：「她的眼神似乎在說我們很不檢點。」小湯還摸摸她的頭，帶她繞去樹背後，爬上一座土丘。風吹拂高草，露出石碑，伍協才知曉是到了墓地。他挑了一個最豪華的墓園，鑲有金字門，祖孫成排的那種。他們坐在門外石地，雲天高高風勢捲捲像梵谷的畫。小湯就是那時候述說起伊家裡的故事，伊父親的花柳陳年。

可是小湯自己不也花心嗎？他常怨伍協把想像不實加諸於他，伍協卻可能是被媽媽罵久了，逃脫不了「父子同種」的陰影說詞。她眞的誤會小湯嗎？那爲什麼他常不見了，還是問題出在她。暗夜的昏燈裡，她用衣服掩面魆魆地暗泣著，把找不著小湯的原因歸咎於她住在家裡，有媽媽和哥哥門禁森嚴的關係，所以他不能也不敢來找她。這一晚，她開始想搬出家裡。

伍協起先是利用中午休息時間，在明曜百貨的小巷鑽來鑽去。鑽久了，附近電玩手扠兩肋的大哥，覷著她說：「找工作呀，躺著比站著容易嘛。」

她在滿牆紅紙裡尋覓租屋訊息，用紙筆抄好，回公司再逐一打。末了，全企劃部的人都知道她要搬出家裡的事。有的叫好說：「經濟自主，再來就要人格獨立，長大了搬出去呀，很好的嘛。」也有的以曖昧之眼飄向她，意味著搬出去，做事方便多了。

「小姑娘想蹺家啊。」一位坐在伍協旁的大叔說。

「查某囡呀，卡乖一點，毋通艙愛唐，四界黑白走。」天吶，連歐巴桑都曉得。

忽然伍協這會卻笑出了聲。歐巴桑還以爲她是年輕不懂事笑她說的話老古板。其實伍協當時是在笑每個同事手持鋼杯到地下樓的表情比在辦公還認眞，恍如像是要去領聖水般。這個機構有項「福利」是別家公司少見的，中午提供一鍋高湯給大家下飯，節儉的人甚至在不到十二時就趕緊提杯，午餐全靠那搏力一舀。鋼杯和鐵瓢相撞，有種喜慶之感。

大叔常在伍協旁傳授舀湯祕訣：「鍋瓢往下用力一掃，然後不動，再慢慢往上提，包準料多湯濃，你看俺……」伍協一看果眞滿滿的。難怪來晚的只剩清湯。

歐巴桑通常會先撥分機問她要不要下來，然後預留一些料給她，很滿意地看她喝著。「小協，這是阿桑倒貼錢買的，頭家一天只給我三百元，我買菜來回坐車都不夠呢。」歐巴桑看伍協愣愣地聽著，且大口喝湯，這讓歐巴桑有種自己在公司很重要的感覺。

其實伍協不過是在想著下班後，要先去看哪一家。「要先從最近的忠孝東路巷子找起，然後再到信義路、八德路。」這時一顆乒乓球不偏不倚地落在她的鋼杯中，湯飛濺了上衣胸及肚臍部分，伍協微怒，待想轉頭一斥，一隻蒼白的細手夾著粉紅紙巾遞到眼前，伍協一回望，那遞的人又專心溫吞喝湯，伍協這一望，脾氣都給望掉了。喝完湯，洗鋼杯時，還想不起那個人的臉，空蕩蕩的。記起的盡是無關緊要的，例如歐巴桑挑起了她湯裡的小球，用那短胖如節肢動物臂膀的手飛舉一拋，惹來四周一陣叫好。

陽光息斂，風聚攏在辦公室後頭的住家廚房，送來了蔥爆牛肉香，桌上抽屜的窸窣開關聲也隨之傳來。

伍協在企劃的紙上塗鴉著小湯的娃娃臉。心裡全擺不下明天要交的工商簡介大綱，她把小湯的臉揉成團，丟到垃圾桶。她今晚第一次在台北找房子。

路總是幾彎幾拐的玄虛，等尋覓地址附近，環望周遭，心想不錯嘛。豈知一到確切的門牌時，房子已從高樓大廈的夾縫中迸出幾幢老舊鐵黑的房子，夾雜幾聲狗嚎，令她想到小學賣包子的校工，傳說包子裡都是殺來的狗肉。伍協生畏地走到出口，決定看第二家。

頗新的公寓，伍協在略陡的樓梯喘氣，才爬到五樓。一見門上竟貼著「神愛世人」的紅底書法字，心就萎涼了半截。門開處，一張溫和的臉忙喚進去。伍協看四處的神像及聖經，就說再考慮考慮，那長得像修女的人依舊叨說著她這裡最安全了，十點就門禁，不會有外來人騷擾。

再尋到一處外表雖舊但頗爲乾淨，石牆攀生著綠苔的典型公寓時，伍協的步履已顯遲緩，但一想到小湯，伍協就像大部分的女人般，生出不少原先自己都不認識的能量。

伍協手裡捏的紅紙寫著五樓，但隨著房東所指，才知是更上層樓。繞過房東的邊門，爬上暴露於外的彎窄鐵梯，她置身在建材簡陋密麻的頂樓，燈源閃爍明滅。竹竿上的衣服水滴把小陽台打溼，有伍協的水影。頭一回望，才曉得是正對面的霓虹看板在捉弄著視覺。

女房東帶她進去看房間，邊問她住哪裡呀，伍協只好編說小時候住過的一個地方。「左營。」她說。「喔，那很遠。沒關係離家女孩住這裡最安全了。」房東胖因而顯得房間更侷促。「又是安全，怎麼跟老媽的口氣一樣。」伍協想。

「這裡是浴室。」房東手一指，正巧有人剛洗完澡開了門，在煙霧迷離中走出來的竟是一男一女。裹著浴巾，香皂味濃烈。那兩個人活脫也是照面一驚，倉皇閃進了房間，未久燈即扭闇。把難掩的狎嬉蠱惑留予她。

「放心，我會告訴她，叫她下次不可以把男人帶回來。除了這個女的以外，其他都滿乖的。」房東躁熱地用手大力擦拭腋下，爲自己圓著詞。殊不知伍協就是聽到她的話才不想住的。伍協心想她要到一個沒人管的空間，她覬覦完全的自由，完全的，她和小湯的世界。

走出那個房東自稱一點都不熱的違樓，迎面的晚風有點涼。耳裡還浸淫在那對洗澡男女穢瀆的昏惑感。她和小湯也有過，可那感覺卻是光亮亮的。

她步上了一座橋，往來車燈亮晃晃的。她告訴自己肯定是要找到房子的。

伍協怎麼和小湯開始的？在一家賣大陸口味的麵食館。伍協打工，小湯是常客。老遠見小湯頎長地走來，伍協就往廚房喊炸醬麵一碗。伍協往往還趁老闆不注意時多加了瓢肉醬。有時麵端到小湯前，他還會故意驚奇說好厲害呀，妳是我肚裡的蛔蟲嗎？連我想吃什麼都知道。有時則又說，我還沒點，妳怎麼就把麵給端上來了。不過這都只是說著好玩的，伍協聽了可挺樂的。

這種微妙的等待，日久竟變成伍協打工的支撐力，一小時五十元，要端多少碗才能賺到呀。那時才剛把長髮剪掉的伍協還誤讓小湯視爲大一的新生。升上大三拉警報的年頭，伍協對於遇上小湯毋寧是有遐想的。不過小湯的娃娃臉要不是多架了個黑框眼鏡，她一定會更沒安全感。兩年的交往裡，卻也總不免常提心吊膽的，即便心思有此陰影掠過，她依然故我：想到的永遠是：不行，離開小湯我一定活不下去了。

有時小湯就問她：如果我缺手缺腿，妳還愛我嗎？伍協說當然嘍，我會照顧你呀。

小湯又問那妳要不要嫁給非洲難民，伍協搖頭。那如果我是呢，伍協就猛點頭。小湯見了，可從不感動的，只想就有這種女孩，至於到底什麼是愛情，小湯還是不懂。起先，他會和伍協在一起，是一種「生理」混合著伍協的「可愛」，久了，生理乏味，伍協也愈偏執。偏執地運用極盡之想像加在他可能的任何際遇上，他不過只是去選修中文系的課，伍協就說一定有中文系的美女在吸引他去，「中文系哪有美女？」小湯原本要這樣說的，後來就乾脆說對呀，不過上個課，又不是上床。伍協一聽，妒火心中悶燒，愈發沒了安全感，醋意上了癮。

有時伍協做完愛問小湯感覺。小湯說像在漆黑的電影院，看完一場激動的片子，結束出來，迎面的光亮，反而才有真實感。伍協連聽了這說詞，都會鬧彆扭，說原來剛剛不過是一場戲，那她算什麼。小湯有時會安撫，如果逢他心情不佳，轉身就走。一旦拿衣服的舉動出現，伍協才會緊張事態，溫軟地說是她自己不好。

日子就是這樣，吵吵好好，有時不認眞，想過日子嘛有什麼可以爭得這麼厲害，兩人便相安無事。有時一認眞起來，小湯就想這是愛嗎？

而伍協至少還能滿足在對外有個帥男朋友的形象裡。

費了近半個月找房子未果後，正垂頭喪氣時，伍協一位不同部門的同事在找房子的同時，也幫她找到了房子。但得至五月底才交屋。爲此，這段時間裡，伍協便陸續從家裡取些東西到公司。有時夜裡，她翻弄的聲音過大，還讓伍媽媽去買了捕鼠器，叨唸伍爸爸不愛乾淨，是垃圾養大的。

每天上班前都像小偷似的，有回正巧被跳完土風舞的伍媽媽撞見，好在東西裝在藍色的垃圾塑膠袋裡，才躲過盤查。

「啥米時陣變乖了，也會幫我倒垃圾！」伍媽媽還直高興自那次夜歸衝突後，女兒沒再提搬出去的事。「巧巧囡呀，這款小道理隨便想嘛通，金窩狗窩哪有自己的窩好。」伍媽媽望著小協秀氣的背影滿意地想著。

六月初，在梅雨新聞發布的前一晚，伍協提著桶油漆，奮力地上下刷著房子，企圖使有些剝落的牆，呈現一種氣象。伍協沒驚動小湯，想給他驚奇，可是刷到一半，外面雷聲突彈的震響，雨還沒落，她就莫名的先嗚嗚哭了起來。

隔天有四天連假，帶著腫得快看不見瞳孔的眼睛，跑到淡水。欲興奮撲上小湯，卻一腳給滿地的紙箱絆住。

伍協怎生糊塗，一身心繫築愛的小窩，卻沒注意到校門口的鳳凰花又轉紅熾了。

這回換小湯要畢業了，入伍在即。算算竟沒幾天可以去她那裡無眠玩耍了。小湯像是神算似的已知道伍協要搬出家裡。他淡淡地說：「我們去租輛車，我有很多東西妳那裡用得著，搬完了，順便去找個地方玩玩。」

那一晚，在新漆的閣樓頂，伍協一夜哼哼唉唉地夢囈著。五點多，第一班公車就飛馳地震動著閣樓。伍協和小湯就著晨光在租來的紅車裡馳騁。伍協也不知爲何執意去溪頭，不顧連續假期的塞車狀態。

到了溪頭見滿目的蜜月情侶，她又頭痛得想走。這次小湯一切都隨她。回台北退還了租來的車，小湯已經換上一副要走的姿態，伍協直說：「我還有一整天的假呀。」「妳該收心了，我也已經爲妳又延宕了一年，不要控制我的想像，那是我僅存的。」小湯繼續穿鞋。

「那我們什麼時候再見面？」伍協只關心這一點。小湯卻只摸摸她的小臉。「一星期。」伍協說。「那不夠久。」「那怎樣才算久呢？」伍協聲音拉高，要拗了。「起碼十年後。」小湯站了起來，拍拍褲子下樓。

「妳別追下來，妳這樣，我們就是一輩子分離了。」小湯在樓梯轉口說。「十年和一輩子有什麼差別。」伍協想，不再跟了。

六月初晚風微微，她從小湯上成功嶺留下的軍用袋中，掏出他大學的薄被。她嗅著每個被子的角落，突迸出了哭聲，哭到睡著。

一個人在陌生地醒來，幾乎是一躍跳起。她又叫又喊地說：「有陽光！有陽光耶。」這樣的亮度除去了她家裡房間終年曬不進光的黝暗聯想。她暫忘昨晚覺得簡直欲死的痛苦。

在隔壁室友未搬進來的屋子，她來回走著。一時不知該從哪個紙箱先拆，倒是沉湎在陽台前的一大片空地。有好些工人在低於馬路水平的大凹地挖著，鼓譟十分。熱度持續到下午，她想燒水喝，才發現從家裡帶出來唯一值點錢的電磁爐竟壞了。然後她在一堆小湯的紙箱裡拆到最後一個才找到插電的水壺。

她燒了水，燒著燒著，就咚了淚落在水壺裡。錄音帶正轉放著日語歌〈哭泣的小阿飛〉。

哭著哭著，水還是沒開，當歸鴨倒來了。

「喲，妳何必呢。」當歸鴨攜來了可樂。倒下好多泡沫，伍協看著舞踏如烹烹燃的泡泡。「我陣亡了。」伍協說。「還早呢，這不像妳。」當歸鴨答。伍協覺得自己只是長了翅膀的豬，似乎沒有太多可以一個人過日子的本錢。唯一能的就是在失控中求小湯原諒自己的拗。然後在睡覺前寫自己永遠都做不到的灑脫：「哎呀，過日子嘛，何必如此無依，要快活呀，要……」寫了一堆要這麼那麼的話，可是當不再美麗時，她還是用遐想代替人生。

在天幕垂成魔術色後，當歸鴨拿起背包，伍協不自禁地拉她再陪會嘛，當歸鴨搖頭安慰她說：「久了，妳就會習慣的，妳的機緣還長得很呢。妳媽媽那裡我再幫妳求情，四年同學不能白當，放心吧。」

家還是可以回去的，伍媽媽在連假的日子，發現電磁爐不見的晚上，狠罵了一頓，又遷怒伍爸爸後，日子一久，見伍協每星期都有回來，也就只好接受她搬出去的事實。那個房間又換伍媽媽進守。偶爾她當然不改本性地責唸小協：「眞浪費，有好好的厝可住，偏偏要拿錢去打破人家的碗。盡賺盡用，存沒半現錢喲。父子同種，好的不學。」

日子過了很久，總之好一段時間，伍協只有再聽到「父子同種」時，才會想起小湯。這中間其實小湯曾寄了一張三千元的匯票及幾行字：「軍中發餉，一同花花。」往後，許多年的歷練告訴伍協：「或許我性情不夠美好，但或許性情不該美好，又或者沒有好不好。但之間總會有些收穫吧。」

她這幾年搬了好多地方，最高紀錄是一年搬四處，搬到最後小湯留給她的東西愈發少了，學生時代的組合家具，哪禁得起拆拆合合。伍協記得最後丟的是小湯的枕頭及他不意留下的藍內褲。那枕頭已沒了外套，一面白內裡約是浸久了溼氣，一片黑漬。除非拆掉裡套，可拆了就剩一團棉絮，也無法成枕了。

日子就像一個長長冬天貼著牆頭的枕。讓伍協的心眼承受度愈來愈長出繭了。

伍協在澎湖刻的文石印章塵封著。她打算和別的男人結婚時，拿出自己的那一枚蓋在薄薄的婚約紙上。

一天早上，伍媽媽打電話給她，說是家裡終於要拆建了，伍媽媽把漲價的舊房子賣了換新房。明天要搬家，上午九時到十時是「好時辰」，囑她務必要回來，至少搬一樣廚房的東西，象徵吃不完，討個吉利。

伍協回到家，工人已在拆前頭的房子，那是阿麗的舊居，「阿麗，多久的人啊。」她想連這個住了二十載的家翻得都不識了，何況是人。她隨手抓了鹽罐和味精瓶算是交差。走到隔兩條街的新房，新房是她念幼稚園的校地改建的。這區換她家最高，陽光無限。

伍媽媽慫恿她搬回家，她想哥哥伍元也出國了，呼吸過腐敗的空氣，也許可以試試。新鄰新舍，眼見一方的人事又要靠攏。

小湯這廂在他家的大理石工廠，想著後來果然找不到伍協了。

公司請來的小妹正在信誓旦旦地說：「天蠍配雙魚，結果會怎樣，那還用說，很爽呀，一個縱慾，一個淫蕩。」

「我告訴妳喲，殺人和做愛其實很像，我有位死黨，念專一時和隔壁班火併，事後他告訴我，拿刀子砍下去時，手本來在發抖，等到砍下去，血濺到臉上，竟又多砍了幾刀，就豁出去了。」業務男子說。

「那和做愛有什麼關係？」小妹怪聲問。

「妳不覺得做過一次，就不會在意以後做多少次了。」

「誰說的。我就不是。」小妹很大牌地站了起來。

小湯望著這個依然怨懟的城鄉交界處。

伍協像秋天的霧落在冬天的大街，淡淡撫過。

淪落的希望河

灰飛煙滅，他想，
如果有一天他消失了，一點也不奇怪。
這個城市生命的消失，不過是瞬間的事。

1997年寫畢／1998年定稿／
1998年第一屆台北文學獎小說評審獎作品。

向寶紅在隔壁班長自殺的那一晚，只闔眼了一會，就沒再好好地睡過，一股滯悶感淤塞著胸口。

他索性坐了起來，點了根菸，就著窮月呑吐，望向那已然空寂的床鋪，定神地望，力透被褥，直至枕頭的油膩味沁入鼻息。

空寂的床位，原先住著史春先。某一天站崗和向寶紅交班，卻趁著綁鞋帶的一個假動作，舉槍朝自己的頭開，把站其側的寶紅綠衣裳當場噴成了大紅花。

寶紅其實沒有害怕的感覺，雖然經歷這樣的生死瞬間。當時，他目睹一切，心卻是空茫茫的。不久前，他才去停屍間爲一個被鹽酸澆燒的小兵容顏拍照存證，這是他的工作之一。每每隔一陣子，就有人不見了，以各種方式消失在這個兵團。向寶紅卻得去拍照，拍死人的最後容顏，親炙家屬們人世該有的悲戚，和忍受自己不斷地嘔吐。

久了就忘了心悸的滋味。像這一晚，他離死者最近，當場就可爲團隊拍照存證，證明班長自殺因由，可是他卻無情無緒的。他記得的是一些末節畫面，史春先彎身繫鞋帶，青瓜皮上矗著幾絲亂糾糾的毛髮，像幾重山幾重水的曲折，似一種流逝的生命軌跡，更像是戰亂浮生的草兵。

方才，他闔眼的那一會兒，朦朧中恍恍惚惚地看到了自己的軀體倒掛在黃昏的屋簷下，夕陽金暉暉地灑在他的頭皮上，形成一種光圈，恍似被上帝加持了般。逆流的血液往腦門直衝，像是要衝破一座久遠的角落；衝過之後，平原遼闊。未久，一張強而有力的大手卻俐落地解開了繩索，然後，夕陽瞬間亦掉落至海平面，天暗了下來。金茫茫的光輪不再，他的腦門開始綿綿下著厭蔑的雨，蒼茫泥濘，蒼茫又是蒼茫，泥濘又是泥濘。沒有視野，只剩下一丁點逃亡的力氣。

意象過後，他就醒了，昏沉沉。感到前所未有的消沉，好像夢裡逃亡的感覺已經牢牢寄生在現實的軀體了，可是他的人卻沒趕上最後一班船。

寶紅抽菸吸吐的空檔，突然，他老爹的臉部特寫反覆映入眼簾，連爆起的筋和搐動的眼皮，甚至眼瞼下方的老人斑都清晰可見。會有什麼事發生呢？他想。

每回當他預見他老爹，他就能意感父子之間總有戰火了。像高二和小胖去暑假打工的麵店討點小債，耍了點狠的那回，老爹拿著報紙，指著每十七分二十三秒就有一名少年犯的標題，要他讀一段內文外，末了，他還足足被打斷了兩根扁擔才消了伊老爹的火氣。當時的前一晚，寶紅就夢見老爹在拉屎，汗涔涔的，狀似火山熔漿。

其實，寶紅自忖自己還算聽話的。像早年有一陣子他迷上篆刻，沒事在桌前刻著圖章，刻不夠，吃飯讀書的木桌也一起刻，刻的名字盡是銀心，沈銀心。老爹見狀喝令不准刻印章了，說刻印章的沒前途，就像村口跛腳的阿明才擺印章攤一樣。寶紅心裡雖氣，但還是把刻刀給埋在後院，還立了個小碑，寫上「來日方長」。想到銀心和來日方長時，他心底方有了一點柔情。

這時候，整個營房起了一股急急切切的聲音，是蟬聲又似蟋蟀，他貼著床沿聽著。聲音好近好近，像是來自床的某個角落，又近到像是他的體內也置著一枚共鳴器般。他動身走到紗門，蟬聲卻似來自屋外，於是他輕手輕腳地推開紗門，耳朵豎著聽，蟬聲卻又回到了床鋪。

他回到床鋪摸索，什麼蟬也沒有，倒是摸到了剛下部隊時悄悄擱置床沿的一把新穎篆刻小刀。睡不著，他索性就著蟬聲，在木床上刻了一隻夜的寒蟬，一種可以埋地十七年的寒蟬。此時此刻，他需要一種象徵，一種有意義的象徵狀態。

清晨，朦朧睡去，手裡還握著小刀。不一會，就被傳喚了去。他在穿戴制服時心想早知道不亂刻東西就好了。去報到了，上頭卻說要他休假，只簡單地說家裡有事。

穿出煙緲沉沉的晨霧，屬於夜的街燈未熄，山嵐山花攪和在一塊，如霧中風景，他的命運，一切都朦朧不清。

他轉了第一班公車到了鎮上，然後租了輛喜美三門轎車。他需要馳騁一番的感覺。

車子進入台北大度路時，看到測速照相，他才緩了下來。然後在微微上坡的路段裡，不遠處見到黃燈，於是他用了他自覺最漂亮的幅度不震不晃地恰好在斑馬線前停了下來。這時，一對站崗的衛兵面容肅然疲困地在紅燈轉綠時，抬了步，鏗鏘鏗鏘。步伐齊一，若繫鉛之重，像是要把一個叫做人生的世界狠狠地踩掉似的。毛毛絲雨密集在寶紅的前窗，從後照鏡瞥向略微低矮的來時路，昏黃的燈下，空蕩蕩。許久才有一輛車子入鏡，霧藍的身影，寶紅認得出是得利卡卡車，和他老爹的卡車一模一樣。

忽地卡車已逼其後，把他叭了好大一個悶響，寶紅才想起要啓動車子。車子開上了關渡橋，經過八里，他一路未停地上了台十五線。只在台十五線的海邊稍稍望了一下日出。

寶紅在通往家裡的一條窄曲小徑上，把車停妥。幾重山幾重水的夢中風景在遠方襯著，空氣出奇的寧靜。他拍拍胸口心想還好，這條小徑，每逢有人家出事，也像吐預言似地飛來群鳥，在蔓枝繞藤上大肆興唱；有的鳥唱完了竟墜枝而亡，彷似卜者之死的安魂曲。

冬天吃火鍋的那陣子，村裡的人瑞終於沒有帶走瑞氣地止了息。只因吃了顆大湯糰，在喉頭哽著了，氣上不來。那大樹黑幕壓天，鳥啼頻促喚。淺褐夾白的糞色沾在油亮的綠葉上，似一場落雪。

人瑞出殯，村裡的壯丁輪流抬棺上了山，壯丁倒是嘿喲嘿喲地像在辦嫁娶。人瑞的兒子早已湮沒，孫子尚在。大孫子阿桐伯逢人就說：「阮阿公眞會呷，係呷死的，人可以呷到死，代表係有福的人。」大桐伯還慶祝人瑞升天，辦桌宴請鄉親，村人於是不炊煙三天。

經過人瑞以前的房子，寶紅不禁停步探頭了一下陰森閉鎖的大院，一棵巨大的榕樹氣根竟穿牆而出。他抬頭看了看屋宇樑柱，發現燕窩結得比以往少了。

「燕窩在樑上結得愈多就代表這一家愈興旺。」孩提時老爹曾經牽著他的手，比著遠遠的樑柱說。他記得當時臉仰得高高的，撐大著圓眼，努力地看到了燕窩，覺得燕子飛翔的姿態悠悠揚揚，燕窩卻黑黑悶悶的，像他的家一樣。

如今燕子早已不知去向。

寶紅吹著口哨，以早操步伐踏在泥地上，凹陷的鞋痕像一艘艘要出港的船。寶紅低頭望了望，感覺一切都在飛揚，那是遠離營隊的心情。小麻雀飛到他的肩上，把他當成了樹，穩穩地站立著。寶紅涉過薄溪，越過澹澹田園，穿過熟黃的橘園，順手摘了顆橘子，盡興地剝得稀巴爛，大啖著。

當幾重山幾重水漸成特寫時，寶紅望見了背光、隱在幽暗裡的親人，而肩上麻雀早已棄他而去了。寶紅從天光透亮的屋外踏入黝暗家門的第一步，瞳孔還未適應，嘴巴卻先開了口，他吐了幾口檳榔汁在紅黑髒漬經年的土磚泥牆上。屋內靜悄悄的，幾道眼光一言不發地射向他。家裡來了些村人和親戚。

「是怎麼了？又有人死了不成？」寶紅不自覺摸摸臉頰地說著，心想難不成自己成了怪物，又或者哪個人瑞又死了？怎麼大夥臉色詭異極了。

「我操你媽的！」寶紅老爹一聽這個死字，氣極了，從胸腔發出聲，並集氣於掌中一拳揮向他。然寶紅在軍中近三年的海陸兩棲部隊早已練就一身結實，因此他老爹見揮拳無用，氣急地轉身四處搜尋著可以扁人的物體。這時，還是寶紅的老媽走來，蹣蹣跚跚地拿下了寶紅肩上的綠殼背包，喚他趕緊進屋去，「你們眞是父子有仇啊。」她說。

「我是有妻有子的人了，給我點面子好不好。別只會扁人。」寶紅邊進屋邊說著。

「誰要做你的妻子！」他老爹甩掉逡巡到手裡的扁擔，扁擔竟應聲而斷成兩截。這一聲，讓寶紅清醒了些，巡視了一下大廳和屋裡，確實沒見到他的妻子銀心；然後繼之又思，也許她只是出門買吃的吧，知道他要回來。

「銀心不見了。」他老媽走來說，揪著眉心。

「怎麼會，不可能。」不可能，不可能，從此這句話卻讓他喃喃自語了好些年。銀心自此不見經年，爾後他不明白的是，一個人可以不見這麼久，這麼久不見，在一個小島上，在相同的城市運作裡，呼吸著相同的空氣。

寶紅是當三年兵的最後一批了。他的銀心是打從高中就認識，她歷經了戀愛畢業懷孕結婚生子，然後是一連串的等待，等待寶紅退伍，等了兩年又十一個月，就是等不及他的最後一個月，他惆悵神傷地回到了部隊，往後那三十天裡，他只笑過一次，維持約一分鐘。

那是隊上兄弟為了撫慰他，於是在野外實習時，抓了隻雞拔了毛，吊掛在炮口上，想待會發射時，可以來個烤全雞大餐。豈知雞未烤成，牠倒是給槍口的作用力轟得不知去向。當雞幾乎以和火花同速地飛出視線時，寶紅笑了。他笑著他的那群個個張著嘴、淌著口水的弟兄們，猶然不死心地用槍在草叢中撥弄翻找著，且邊謾罵：死雞，死都死了，給我吃一口會死啊。

那個興起烤全雞大餐的人，大夥喚他葛子或是諸葛，發音不正確的或故意爲之的則叫成鴿子、豬哥。是隊上的活寶，名字好記，卻長得是那種不易令人留存印象的大眾臉。寶紅喜歡喚他鴿子，原因是喜歡鳥群的飛天優美弧線。

然任誰也不相信，用炮火烤雞的鳥事才過沒幾天，鴿子竟然飛了，飛到另一個次元空間。擦槍時，鴿子用潔亮透著油味的槍，突地直立向上開了花，子彈從鴿子的下巴直竄如雲的腦袋，一秒，臉全烏黑了，紅血噴上了白色的天花板，再彈落至仰於地面的臉。那張臉最後終於以華麗魂聳的姿態讓大夥都記住了。

寶紅離得最近，事發時他正要走去向鴿子索討擦槍用的絲襪時，鴿子瞬間向這個世界垂翅稱降。黑色的大紅花臉，很像他慣常吐檳榔紅汁在黑漬的牆上，總是紅色搶過了黑，令人怵目。

那鴿子死亡前激越喜孜的紅，不由得讓他想起結婚那日。雲好高，風頑皮地撥弄著高掛廳堂牌樓前的大囍紅花。

他記得那日迎娶的隊伍好不容易才拼湊出十二輛，他和銀心的那輛車子，照行規一定得排在第六，說是六六大順。隊伍繞行鎮上，村婦們全停下手邊的農事，好似每個人都陷在各自結婚的往日懷想裡。

輩分最高的叔公見禮車一來，忙趨前撐黑傘迎向欲待下車的銀心。那時銀心已有六個月的身孕，穿上繁複白紗蓬裙，宛若布袋戲的掌中人。一張臉慘白著，浮腫，緩緩地挪動著步伐。

寶紅彼時斜視了一旁抽悶菸的老爹，一頭未因喜宴而整的亂髮，說明了老爹猶然無法接受十九歲的獨子竟然就這樣地討了老婆。而寶紅自己其實也是無明多於喜悅的。算得上喜悅的，好像只有那大囍紅花和風兒共舞的神氣表情，還有那挨擠地等著吃酒菜的鄉親父老們。

新人入了正廳，祭拜祖先，稟婚事。寶紅瞥見肅穆的牌位旁，吊滿了紅豔可欺的絨茸棉被、毛毯，上頭還貼著金亮亮的剪紙：百年好合、花好月圓。一種閨房的氣氛卻烙在肅穆的祠堂裡，讓寶紅不禁地笑出了聲。

再就是到銀心的娘家，一棟三層樓的透天厝，窄長陰幽。一樓蓋成了廟，樓梯卻在中間阻隔著，把兩排的大紅蠟燭一分為二，映著神桌上小小的泥偶塑像光可鑑人。

然後他和銀心就依著指使，走到了「神通廣大」的匾額前，一站一蹲地三叩首。中午的喜宴結束，銀心回房，她已身懷六甲了，因此沒人來鬧，一切冷冷清清的。鄉親逐散，只剩拆棚、收菜尾的人。滿地紅紙被掃帚掃得紛紛揚起，酒氣恣意著；彼時寶紅坐在廊下，看著不遠處的幾重山水，遠方正千軍萬馬地傳來綿密的聲響，是雷聲在彈落著。然他的淚比雨水下得還早些。

那晚要不是銀心已如泰山的噸位橫躺在寶紅側邊的話，他會想這一切有什麼不同呢。他倒是深刻地記起那晚田溝裡的蟾蜍叫了好久，還有書櫃內細如針響的蛀蟲在吱唧唧地鳴叫，他淺睡著。那種單一的聲響好似一種自由的孤傲在笑他的年少已然死了，走遠了。結婚的人了，而他卻還想夜夜出去遛達呢。

孩提時在別人的婚禮上，寶紅也有過這種模糊的感覺。那次他被好事者派去偷偷躺在新人的床下，欲聽萬叔的初夜。萬叔略微癡呆，一幫村人皆打賭著他會不會打炮。寶紅記得隔天一早，村人和堂兄們便急著審問他結果如何，一問他，他竟全然不知，只是反覆說著四周暗昏昏的，有個難聞的腥臊味。眾人敲他一記響頭，數落他一定是盹著了。

而銀心是打從進了寶紅家，就頂著一張喪臉，全沒有爲人母的喜氣溫婉。

鴿子的那張紅色烏黑臉，欲送入熊熊大火的那一刻，在軍樂隊長揚起指揮棒時，寶紅吹起了薩克斯風，突然地他好想痛哭一場。鴿子肅傷的親友們於是全感激地望向他來。

鴿子火化後，寶紅病了好些天，連他的薩克斯風也無聲無息，再也吹不出聲來。隊上的兄弟議論著可能寶紅犯沖，因爲鴿子肖龍，寶紅肖虎，龍虎會爭鬥。寶紅聽了實在是無可奈何，他想，好吧，就如他們所想。眞實是什麼，龍消失了，一如傳說。而屬虎的他卻在往後的長長人生裡眞實地存在著，沒有虎虎生威，倒是活著的感覺時時侵擾著困惑著他。

寶紅在病房點了根菸，往手上燙了兩個疤，像種牛痘般。痛感再次提醒他活著的感受。

一個月後，窗外的時序已然到了夏初，依稀有著早鳴的蟬在他下部隊種的第一棵樹下憩著，呼喚著伴侶。三年，樹未壯大，但已足供蟬兒蔽身了。而他的女兒小彤也已然三歲，什麼都不會，就學會了揍男孩子和成天無止境的玩。銀心去了哪呢？他一點也沒有頭緒。

退伍的前些天，他沒事就蹲在廊下，看著其他人的人生在他眼前滑過。念美工科的他心想，不用畫畫了嘛，舉目所見，當下聲色俱全。雲動風拂，樹影蟬鳴，雷響雨落，牆外殷切喚子的母親……，他嘆了一口氣。

老鳥生活，明目張膽的午睡。某日他的名字被傳宣到會客室，寶紅從床上跳起，邊穿衣服邊想是銀心來看他了，他就知道她不會捨得丟下他的。

當他衝到會客室時，一個女子尋聲轉向他，一身黑色棉衣緊貼著曲線，活像四處吊掛在卡車後的一隻隻待售的烏骨雞。削薄的臉上拂了層風霜，眼神渙散。女子走至亮光處，寶紅驚怖著，這個人怎麼長得那麼像銀心呢，像是老了好幾歲的銀心。寶紅吐不出半句話，像被下了詛咒似的。女子則彷若不識，鎖眉見著眼前的寶紅，心想，怪人有一個鴿子就夠了。她面無表情地伸出瘦長的爪子，遞上一本冊子，黑底紅字，冊子被風掀起了若干內頁，他瞥見了是素描本。訥訥地收下，仍開不了口。而另一角落的會客男女，興高浪大地說話，男的手探到了女的裙底，女子猛然淫笑了一聲。烏骨雞女子攢眉說道：「鴿子留言，要我交給你。」說完見寶紅失魂地盯著自己，遂不耐地如風般轉身而去。她似貓般穿過群樹，抵達門口崗哨，在迎面士兵無聊的吹口哨聲裡跳上了往市區的巴士。寶紅這廂卻是打自心底涼颼颼的。他在陽光偏斜下翻閱著畫冊，裸男裸女百態皆備。他不知道鴿子爲什麼要給他這個畫冊，這本在他看來毫無性慾卻瀰漫死亡氣息的畫冊。寶紅恨起這班人來，擇生擇死、選去選留竟是如此決然。那天夜晚，他也決定學鴿子，打算來個退伍告別式。

當晚，銀心終於在失蹤事件後，第一次來到了他的夢中。夢裡的銀心一直笑著，放肆地忽遠忽近，忽淺忽深。像失焦又似重疊的濾色片效果，是A片。是那樣的笑容，使得寶紅找到銀心離去的原由。他自我解釋著，銀心離去並非因爲他的跋扈，而是源於這個社會的誘惑。他記起她央求他好些次，讓她到台北城市工作，他都說不行，小彤還小。

銀心的夢讓他少點自責，他終於活著走出部隊的重重圍籬，走進了台北，他想找出策動銀心離家出走或失蹤的幕後元兇。

寶紅仿著找尋失蹤兒童的模式，他先是製作了海報，搭著自己做印刷業務的便利，他把銀心的海報張貼在人潮出入的地方，有時是裹著電線杆，有時還沿路發送，路人卻瘟疫似地躲著，沒人要拿。倒是環保署寄來了罰單。

剩餘的海報擱在家裡，看得他怵目驚心。小彤不識銀心長相只管把海報拿來摺紙飛機，紙青蛙，紙鶴。飛機有時被她彈落到水溝裡，伴著水流；青蛙則時而掉在田埂中，和著新泥當了肥。紙鶴卡在電線杆上，等待風起。變形的銀心漂流各地，如風中飛絮。

於是銀心在村裡流傳著一式不變的微笑，停格在海報的映象風華。一如村子的入口指標，每年三四月要落盡千帆般的葉子，以造就紅花滿天的木棉樹。銀心成了月眉村裡的一則離奇浪漫。

盛夏，銀心背插兩大片孔雀羽毛，穿著尖錐形金縷絲線胸罩，外罩薄衫，淺淺地笑，跪著在斟酒。寶紅從夢裡醒來，車子正在高速公路，以慢速的步伐挪動著。大白天做著大白日夢，夢的口水流淌成川。同在小巴士的一幫好友取笑著他：豬哥流涎啦。

晚上，也不知是幾點了，寶紅他們一幫人浩浩蕩蕩地穿過城市，經過一家高級的KTV酒店，牆上彩繪著五彩斑斕的孔雀羽毛，霓虹燈閃著「孔雀王朝」四個字。寶紅一見驚心，宛如方才夢中景的再現，他往裡衝，不顧同事的拉勸，說是消費不起。然寶紅早已衝入內，被一群孔雀女郎左右環伺，大夥只好調侃說脫褲卵陪到底了。

銀銀亮亮，軟儂鶯燕的樂音霓裳中，寶紅帶著醉意將臉貼到這些孔雀公主們臉上。像狗般嗅著，聞著。惹得公主們沸騰喧嚷騷動尖叫著，還勞動了王朝的經理不時地來來回回關照場面。最後是寶紅要求見王朝內所有的後宮佳麗。

「這小子醉了，不知死活，那可要花上多少錢呀。」一幫好友只好謊騙他，「所有的女人都來過了。」

「我的女人一定躲在裡面！」寶紅嚷著。一幫人問他爲何如此篤定？

「剛剛大白天裡我就夢到這家店了，完全一樣的裝潢和名字，也有孔雀在招搖著，銀心，沈銀心就在裡面倒酒陪笑。」寶紅一連串地急急說著。大夥皆笑說夢境豈可當眞呢。

「眞的，眞的。」他說起當兵時的每個夢境和現實的吻合，大家卻只道他醉了，眞會瞎掰。「眞的，眞的，眞的……。」寶紅仍喃喃地兀自說著。他沒有醉，他知道自己非常清醒。他望著這些以花名藝名走天涯的公主們，困惑地想著內心世界和事件何曾因爲名字改變而消失呢。

寶紅是從來半次也沒有想過銀心會消失在他可以控制的視線之外。猶記得高中時，銀心黏得多緊呀！他說東她就不敢往西。假日，她還大清早地在天尚未透亮時，來到他老爹的養雞場，幫忙餵飼料，拔雞毛，養小雞。

某一天，老爹以略帶愧嘆的口氣向寶紅說，銀心一定是離家出走的。因爲老爹也做了個夢，夢裡銀心一絲不掛地立在養雞場中央動也不動，面上帶著一式的微笑。她的周圍飄著羽毛，輕飄飄地在她身上附著片刻又散落離去。

老爹以自首的口吻說，是他太霸道了，當初銀心有一陣子不想養雞；鬧情緒地想去台北工作，「我訓斥了她一頓，說想去台北做雞啊！」寶紅聽了，第一次發現長久和自己不和的老爹，和自己氣息也有相通之處。

然而老爹言之鑿鑿的「離家出走」，在銀心身上實在找不到蛛絲馬跡。一切屬於她的東西，她全沒動過。甚至那個用了催生術催生老大半天，讓她痛徹心扉，極其溺愛的小彤，她都沒有帶走。

憂傷的母親只是成天叨唸著，眞是祖上沒有積德呀。但要母親好好回想銀心不見的那日情景，她卻不是拼湊就是顚覆。母親說，銀心那天和平常一樣，五點就起床了，餵雞打掃洗衣煮飯……，小彤哭鬧得很兇，好像銀心有打她一頓，然後才早上九點，就說要去台北吃喜酒。一大早哪有人在吃喜酒，我就唸了她幾句。她才怯怯地說是去當朋友的伴娘。然後就沒再回來了，我們和她有關的人都問了，打電話了，她卻像是針掉入大海，無聲無息。

一切看來都像是個偶發事件。

於是在銀心消失近一年的時間裡，寶紅幾乎是有無名女屍就跑去看，當兵期間死人他可見多了，那些曾經在他身邊的隊上兄弟，以瞬間凋零之姿，躺在冰冷生硬的薄薄鐵皮時，他覺得像是個玩笑，只是個玩笑，比一個玩笑說完的時間都要來得短。退伍，他竟還無法倖免與亡者打交道。他去認屍，沉靜的空間，只有皮鞋敲在水泥地上的悶悶空響；風吹過，有些布棚給掀開了一角，露出毛髮，有的還狀似年輕，髮絲被風吹起了一聲喟嘆。

他找遍了銀心可能去與不可能去的地方，他常跌坐在都市路邊的紅磚道上，汗水涇涇乾乾。街上情侶相擁而過，順風飄來女人香，又順風杳去。他想，沒有聞悉銀心身上特有的鈴蘭花香已久，久到小彤都已經可以獨自走到雜貨店去替她阿嬷買瓶金蘭醬油了。

銀心也許眞的是被這個城市的魔掌或者是慾海給吞噬了吧。讓他相信銀心眞的是消失在台北了。唯一的破綻是銀心消失了，但是除了他之外，都沒有人緊張。還有銀心如果活著，難道沒有和這座城市一樣會有個寂寞的角落？她怎麼能忍受那個寂寞的部位，夜夜啃噬的相思。他竟想，如果銀心能夠忍受這一關，那麼她以前在床上的叫聲難道都是僞裝的。他有時會無端地啜泣起來，深深地望著彷似被蛇偷襲狠咬一口的傷口。

隔年花季襲來的三月，木棉花熾豔街頭。東區女郎落落生姿，恰似木棉花全面占領枝頭般地掠奪城市，橫掃眾人視線。逐漸地他放下了小彤，放下了銀心，開始能夠以好玩的目光解讀城市人與人之間奇特的密碼。百貨公司的牆上廣告寫著：「存在消失了。」服飾流行完全透明，連許多新式的建築中庭也採取完全透明的玻璃建材。

寶紅喃喃地唸著：「存在消失了。」

然而當夜幕壓境，眼看著城市女郎一一跳入豪華轎車時，他才驚覺自己如此優閒的看戲心理，無非是因爲無力追逐罷了，他摸摸口袋，想去吃頓飯，然後去看個二輪電影；如果時間夠，還可以繞去西區小巷的賓館，便宜的他還能應付。當他做好盤算正要邁步時，不意騎樓卻冒出個女郎，以雷電之姿跳上了一輛賓士車。他倏地開拔雙腿，憑著襲鼻的體香，他斷言女郎是銀心。他衝出騎樓，攔車，沒有，著急地猛跳腳。一輛好心的機車騎士停了下來。

「你這種人我在台北見多了，女人跟別人跑，對不對，沒錢就不要拍拖這種女人。」騎士邊騎邊口沫橫飛地說著。
「跟好，拜託。」寶紅急得指使他。
結果賓士車開上了高速公路。「要跟上去嗎？」騎士問，寶紅點頭。
只是賓士車還沒個影，警察的車子卻先閃紅燈地先追了上來。他們只追到一張罰單。
「今日算我們有緣，一起吃頓飯吧。」騎士道。寶紅正餓得發昏，望望眼前這個古道熱腸，臉似大番薯的人，想橫豎也無聊就點點頭。
「你爲什麼敢停車載我？」寶紅吃著麵問。
「人生總要冒一點險。」騎士說。
後來他們喝了太多酒，騎士便邀寶紅到他家過夜。至騎士家時，寶紅望著騎士低矮的房子裡到處都是黑漬，隨意碰觸一下，彷彿木頭便脆化剝落了般。
「火燒的，燒剩我一個人。」騎士說，竟是語氣平順。
退伍至今，寶紅第一次在外過夜，卻是跟了個長得像大番薯的人，還在一個火燒過的黑房子裡，夾雜著男人的打鼾磨牙聲。而所謂的棉被，則只是泛著油光，沒有內裡的一塊布罷了。「那是我和我老婆最後同時蓋的一張棉被，所以我留了下來。」騎士說。

末了寶紅終於在這些日子尋妻的奔波下，得到了自己比起別人還算幸運的鄉愿遙想，至少他有小彤。然後他有一絲寬慰地沉沉睡去。

那一晚，他見到了奔幻的綺麗奇景。像是小學午修時分，趴在課桌上盹著時，眼睛會冒出如萬花筒般的美眩。七大行星排成一線，間有無數流星穿梭游動。

嗜夢者，欲冀在夢裡發現和現實吻合的蛛絲馬跡，可是世事難料。寶紅醒來，想這些星子燦爛的昭告，意義何在？

回家的小徑，薄晨裡，沒有集結成群的鳥，沒有預兆示現。安靜中，他憩於路上好一會，知道年紀漸長的自己，再也無法靠自然外相和心靈犀相通了。三年來，這個大台北衛星城邊陲的小村子，樹砍了大半，人流離了大半，鳥類幾已遷徙殆盡。連小彤都不知道鳥是一種會叫會飛的禽類，他又怎能依恃自己對自然界本能的感應呢。

通往家裡的這條小徑，築成了大路；車子停了雙排，路又成了小路。他在路上，想著星子的美麗。抬眼卻見家裡不尋常的一早燈火通明，寶紅奔跑了起來。

「你老爹不見了。」母親竟愁著眉說。

「不見了，又有人不見了。」每次都發生他不在村子的夜晚。寶紅先是到果園覷一覷，園裡寂靜無聲，只有風吹樹葉。再去養雞場，連雞都認得出不是老主人的腳步聲，竟是不啼不爭，安靜地排排靠。他又沿著田埂來回走著，企圖在高及膝的雜草間撥弄著，探看有無老爹那雙過大的拖鞋掉落或是殘留的足印。就在寶紅頹然倒於草堆，無神看著天光透現的一抹橘紅時，小彤卻搖墜著步伐，來到他的上方俯看他。寶紅一躍而起，一把搶過小彤小手上的大鞋，光聞那鞋底汗漬的幽微酸氣，他即知那是老爹的鞋。寶紅返奔回家，小彤一路踉蹌跟著。母親見了鞋，卻說味道不是老爹的。「他每天都有抹足癬藥膏。這個鞋子沒有藥味。」好端端的人，怎麼會不見了，寶紅悵悵地蒙上了一層憂色。他不懂這一切，卻見母親拈著香不斷地對天對地的一拜再拜。廟裡的神明有大陸漂來的，有土生土長的，在案上燻著。「你老爹愛賭，我是常常罵他怎不去死得好。」母親嘆說。

母親喚他來一起燒紙錢。石灰水泥糊的正方形燒紙錢庫，蓋得低矮，寶紅於是蹲著丟入紙錢，一把一把的丟。火舌遂熊熊燃升，有時，火舌乍看泯滅了，然一陣風過，悶窒在裡頭的熱度又會以驚人之勢再度將火舌竄得好高，藍藍的像似極光，似星子。

老爹失蹤又隔了好些個月後，漸漸的，母親愈發顯得色衰心癡，再也沒有炯炯神色了。年輕時她以美貌馳名，美色早隨同輩人漸逝而漸遠。青春結的姻緣，在這一刻，不論男女老少都失去了另一半。寶紅想母親求什麼呢？日落西山，野雀歸林，她還冀望來日溫存嗎？

寶紅辭去了台北印刷業務員的工作。

他除了刻印章賺些錢外，並花了些日子把荒廢的雞場圍籬築修完成了。然後買了一群吱吱憨叫的小乳雞，開始一天天地拉拔牠們，一如他老爹。澆薄的田，他犁過了，卻不知種什麼好，心裡空茫茫的。

寶紅想起了最後一次和老爹在田裡的情景。聚攏的烏雲好像才在天邊一角，忽地就飛到了頭頂，然後他老爹急急丟下鋤頭，喚他走避到寮房。父子兩落荒奔到屋簷下，轟轟的雷聲夾著令人屏息的閃電雷光，瞬間劈中了什麼物體似地燃燒了起來。那團物體在大雨濛濛視線裡，發出了一聲淒清的慘叫，竟是隔壁田的臭耳伯，他因聽不見雷聲彈落而沒有逃離。

小時候，大人常說不乖不孝會給「雷公打死」的毛骨悚然又再次來到心頭，他不禁在花暖春開時節起了一身疙瘩。老爹不見了，他卻只是去警察局登記了失蹤人口，竟無其他作爲。比起當年找銀心的那股瘋勁，相去甚遠，這很是教村人議論著。寶紅知道議論之聲終究會過去，人們永遠不會知道他在想什麼，而庸常如己，不也是混沌未開著。

自從銀心走後，遇見了大番薯騎士，及至老爹莫名失蹤，加之母親愈發癡呆。一連串的事件，他對於什麼是喜歡或是不喜歡的事已日漸分不清，又或者說是失去感覺了。年少時冀望做稱霸四方角頭的幻想，弱冠成年的溟漠婚禮，找尋銀心的情願相思苦……，全像那席捲的雷風，在生命闃黑的角落猛然一擊，火光泯滅後，徒留那無聲無息陰陰幽幽的空寒在縈縈迴盪著。

連當年鴿子遺留下來的畫冊，炭筆素描的男女線條也已被蠹蟲啃噬殆盡。灰飛煙滅，他想，如果有一天他消失了，一點也不奇怪。

這個城市生命的消失，不過是瞬間的事。

清秋，他餵完雞，坐在籬笆前的大石上。門庭前，返回童心的母親和小彤在玩跳加官，兩人跳得一身汗。對面人家的青苔屋頭橫生著芒草，映在暮雲沉降的晚風裡。準時來叫賣的「臭豆腐」聲在路口前方淡淡地入了耳。有聲有色，存活下來的人，依然過著日子，寶紅想。那一晚排列成七大行星的星子，璀璨似銀河。他了然那夢中銀河其實是生活日久所淪落的希望河。

希望之河。他猶然懷抱著夢，即使淪落。

寶紅將手裡的報紙摺成了紙船，放入村河。於是報紙上印的斗大字體「台灣失蹤人口超過三十萬了」，隨著河水，緩緩流淌盪去。寶紅的母親，即將獲得市府表揚，因係月眉村僅存的老人。這是紙船上的另一則消息。

寶紅在路口即將砍除的木棉老樹下，宴請村人。他隱然覺得某個角落裡，他的銀心和老爹，還有那些識或不識的失蹤者，也都悄悄地回來了。

很平常的有一年

我聽見我第一次叫她的名字，
一個在我失業時烙下深淺不一印痕的名字。

1993年寫畢。

街上，男孩女孩，在秋冬來臨前都變成一種有金黃色頭毛的小獸，染過的髮絲曳在風中有著不馴的閃爍金輝。

誰也不理誰。

而我只是個浪蕩子，至少此刻是，在二十七歲前後，有三年的時間，我有兩次嚴重的失業紀錄。在睡起來已過午的時間裡，只一度會被對街的公司例行一早的收心操「嘿咻嘿咻」聲吵醒。午後，在斜陽裡蕩去附近的速食店，喝杯酸的咖啡和一包大薯條，無心無緒地張著眼。

遲睡遲醒的日子，如果印象無誤，每次失業都在三個月以上，所以我實在不敢斷言這次會不會因爲年事漸大了，能有所覺悟而縮短失業期呢？然而這個叫「慣性」的壞痞子仍然不時地誘惑著我，於是我仍然遲醒遲睡，在初夏來臨的熱氣團裡渙散著身心。

偶爾會良心發現地拎著幾張薄薄的稿紙做做樣子，把時間耗在麥當勞裡。也許有人會笑我說，是不是和我姓麥有關呢？當然這種聯想聽起來有些可笑。可是當我在一家叫聖瑪莉咖啡店裡遇見一個叫陳瑪莉的女生時，我就開始深信人類的名字會牽動和地域相關的磁場。

第一家麥當勞民生店，我和大學女友穗子曾在那個吵雜的速食空間裡，度過她二十歲的生日。我記得叫的餐點是「五十元有找」，餐點裡有一個小小的漢堡和一杯小可樂。在我向穗子說生日快樂時，她的眼中泛著些許晶晶淚光，一種故作矜持的模樣，現在回想起來還眞是有些憐憫。

唉，漢堡雖好吃，記憶卻折人。

不怕別人笑話，反正你已約略知悉我是個城市游牧民族，甚至這樣說都太恭維了。其實我只是個無能者，無力追逐的人，缺乏雄性頡頏性格的人。

第一次失業期，我曾經打過一通電話給穗子，約她在麥當勞見面。「去快樂地吃自助餐好了，那裡的明蝦沙拉很棒，求你別老是吃垃圾食物。」她說。垃圾食物？我一聽內心抗議著，「妳以前不是最愛吃的嗎？」「拜託，小麥子，那是以前。嬉皮會變雅痞，中年人會去反對現在年輕人在做他以前做過的鳥事。你沒聽過嗎？」

什麼話嘛，好像我還在青春期，而她已經攀爬到人生的另一個高峰之境了。

我們去了快樂地，點了昂貴的沙朗牛排，吃完一點也不快樂。更不快樂的是，吃完牛排，穗子在吞雲吐霧中從香奈兒皮包裡掏出一張提款卡。「這張卡還有些錢，你大概用得著，提完再寄還給我就行了。」

彼時她已經是一家五星級飯店的公關經理，我在她的眼裡只成了無可救藥的浪漫主義者。

於是，我又鎮日晃蕩到住家附近的麥當勞，覓著過往的氣味。雖然一個婦女團體頻頻抗議漢堡太貴了，牛肉在哪裡？而且穗子還是策劃抗議活動的主事者。

但，我在速食廉俗的世界裡，卻感到一種安全。尤其是在二樓靠窗的位子裡，放任桌下的腳趾頭在拖鞋內游移，鬆垮四肢和大腦，搔著耳朵、摳著手指指甲內的污垢……感到無所事事的一種放逐。

每天趿著有些鬆脫的拖鞋，徒步又徒步，閒坐復閒坐，任街車的油煙浮塵在身上沾惹著，也許環保署應該頒個模範獎狀給我，因爲我是個受害者，而不是個製造者。

當然這一切，都只是自己調侃自己。

我毋寧只是個害怕錘鍊自己、磨礪自己的失敗者。於是我只能在午後轟隆突至的大雨中，坐在速食店裡，看著大街人生裡的張張惶惶，看著大街上每天上演著活生生的戲碼；日子因爲一無所有，所以顯得不慌不忙。有時候會笑笑某個女乘客，追逐公車的不顧淑女形象；有時會悲嘆老人家顫巍巍地上不了公車；或是眼見到來的公車卻不停的眾生無奈群像。

在觀看每天上演的公車族眾生相裡，我的手卻仍是提不起筆勁，仍放任稿紙空白著。

而且，我通常不去憐憫任何人，因爲當時的心是不清醒的。我唯一清醒的是認知一件事：慈悲只有在自我清醒時，才能慈悲。

雷雨過後，是大色塊的陽光照在白牆上。午休的鄰近餐廳的廚師們就在廊下觀望著任何一個往他們面前走過的女子，有的用他方才炒過菜的手搔著屁眼，有的則抓抓頭。宛若一隻隻剛被放出籠子的野獸，眼睛還不太能適應刺辣的光，但心早已浮動著奢華世界的聲色了。

後來我改去一家免費續杯的餐廳挨著日子，咖啡稍好和無限量續杯的服務外，可能和後來認識了瑪莉有關吧。

瑪莉本來還拎著壺問了我三次要不要續杯，五時整一到，她就逕自坐到我的面前來。她身上的吊帶裙帶子穿反了，領口的蝴蝶結也沾惹著黑，像保母似的白蕾絲領巾倒是卸下了，我才發現她留著一頭烏黑的長髮，而貌是悅目的。於是我默許她冒然地未經詢問就坐到我的對面。喝太多咖啡會得老人癡呆症喲，她說。然後她信誓旦旦地拿出一本厚重的書，熟練地翻到中間某頁某行，指著滿滿的原文歷歷述說，她唸英文的腔調也有種愉悅。我搖頭說，我正失業，沒有錢買百科全書，但有錢請妳到別家喝杯上等的、喝了不會得老人癡呆症的咖啡。她的臉頓化成衣上蝴蝶結的暗褐顏色，快快地闔上紅皮的厚書，吸吸氣，胸部鼓了一陣又消去。那麼我們來玩守護神遊戲，她換張臉說。我不玩，但我可以做妳的守護神，我開玩笑地說著。你怎麼做？你自己都快沒糧材了，她認眞地問。禱告妳一天至少可以賣一套，我說。她聽了露出燦美的笑。那笑容，讓我第一次覺得自己是個有用的人。

我當然壓根兒沒幫她祈禱過，因爲我討厭一切有罪的宗教觀。然而她竟眞的幾乎每天賣了一套書，於是每天下工就跑來我的眼前。和你說話會實現願望喲，她說。我的咖啡差點嗆了出來。其實我每天都坐在那裡幻想我前任女友穗子的私處，意想褪去她內褲時乍然沁入鼻心的味道。但這個瑪莉女孩渾然不覺，她每天在我對面吐出話語，於是街上的戲碼換成由她來演。

瑪莉當時愛上了打工店的麵包師王塔基，她的苦惱是王塔基渾然不覺。他每天逕自在她面前說著他的絕妙好手藝全得自成熟美女的靈感。做麵包時只需幻想就夠了，只要想起女人的胸部，我就可以塑出酥香的一切的圓麵包，尤其是表層加了濃濃奶酥的那種，塔基說。那假如幻想我呢？瑪莉狀若玩笑地探問著。那就只能做出小餐包囉。於是瑪莉端出菠蘿等麵包時，不免有些氣地用夾子壓壓那些鼓脹的圓。看，扁了吧，有啥了不起。她一字不漏地複述給我聽。

不過，有次她倒是興奮地說，塔基有時不想女人就可以做麵包耶。那莫非是想妳囉？我說。拜託，好歹我也可以做出小餐包，我也是女人啊。她白我一眼，續說著塔基穿著全身白，像醫事檢驗員的制服在做吐司時，表情有點哀傷，他說一條條躺在鐵板的吐司，讓他想起一小人兒一小人兒躺的棺材。那是芭比娃娃躺的嘍，她回著塔基這一句話。她恨芭比娃娃，那種有風情的女人，這是我猜的。你知道嗎？塔基聽了瞪了我一眼，就不理我了，她嗚咽著。我深深地嘆了口氣，我也想狠瞪她一眼，我也有過一位女人（穗子之後），她就像是芭比。

每個人都有脾性，但有個性的人不多。像我就沒有，風來會倒。芭比，是有風情又有個性的人，有身材又有頭腦，善良而不善忌，她眉眼一揚嘴一蹩，我的心就破了個洞，煩惱雜質都流出去了。我不相信有這種女人，你的幻想把她美化了，瑪莉嘟著嘴說。

其實我只說她的十分之二而已，她還有更好的地方。我沒必要向瑪莉說芭比最棒的是觸感。那一定是性，她竟把這個字像吐籽般地給大剌剌吐了出來，經她一說卻宛如白開水。我搖頭說，有天妳再大一點會懂的。不，你一定要把她其他的好說給我聽，瑪莉堅持著。於是我只好說起芭比曾在我失業時把她的提款卡拿給我用，直至我找到工作爲止……，我把一些拿得上檯面的事說給她聽。

那我眞的是做不成芭比了，因爲我絕對不會把提款卡給男朋友用，瑪莉挺自我安慰地說著，好似做不成風情的芭比女人只是因爲錢，而不是因爲身材。

芭比這麼好，她爲何還是離開了你？她終於問了一個比較有深度的問題。我想我大概是隻金翼的白眉鳥吧，每天光是動也不動地理著自己的毛，除非受到驚嚇，否則不願飛行，我說。她的離去就是一種驚嚇，瑪莉像突然長大似地回答。嗯，可是我還是沒有去旅行。手上的咖啡第一次冷了還沒喝完。

飛行，剛開始總是會怕的嘛，等哪一天你去高飛了，可別忘了告訴我是什麼滋味喲！瑪莉說。那天她沒有穿可笑的吊帶裙，夕陽映著毛髮，風情初初爬上她的臉頰，可是她並不知情。

那些日子的午後我和她互相理著毛，理著要險險欲落的過往，理著險險不明的未來。

原來她是殷薰風，這是我後來的小小發現。

街上，午休的廚師正用紅紅粗粗的管子接水，刷洗著中古光陽一百，準備入夜去釣馬子。我從住處往下看這群風塵僕僕歸來的夜行性動物，後座卻都是空的。後來倒是看他們全改成載釣具，返來一尾尾的魚嘴繫著草繩，被垂釣在車把上，閃著灰鱗，魚尾一跳一彈地擺盪在冷氣裡。

那魚是我的化身，我知道。總是等著被釣。

然後我在某日的某條街道，通往南方地下道出口一百公尺處，還在想著瑪莉是殷薰風自南來的姑娘，心頭一陣暖意時，一位蓄有短髭的算命仙叫住我，神祕地自語著，人一生下來，就有些密碼塡在腦子裡，等塡到某種程度，放到不同的系統中，便會產生各種化學反應。……也就是說，密碼只有知道的人才解得開，他說。我心想廢話。他見我的表情，便握緊拳頭續說，個人是無辜的，因爲環境無解，然後他要我滾。

我當然還是正常地走著，人還緩步逗留在城市。一路上，想著我的命和他說的密碼有何關係？我轉身時，他在背後丟了一句，你會離開城市，幾乎是用吼地說。這一點我更不苟同。沒有城市，我怎能活，我嗤鼻一笑。

第二回就是在我無聊地想走過橋去探望被調到隔岸分店的瑪莉時，人才上了四通八達的橋上人行道未久，就見著一件車禍，從現場滯留的卜卦道具和呢絨帽，我知道被車彈撞到橋下的人是上回和我說話的那個算命仙。離開城市的人竟是他，我茫然呆立了片晌。看著打撈的人、待命的救生警消人員和圍觀群眾，在人群大圓圈之外發著冷，好似沒入水中的人是我。像大風落在深谷無聲無息著，我在水面的映照中看見了自己慘兮兮白蒼蒼的臉。

六神無主中，見著了河岸邊的餐廳玻璃壓著一張臉，是瑪莉在灰濛濛的天色下擺手喚著我。

但那天我沒好氣地見她劈頭就說，臭掉了，裡面都臭了，光會穿著漂亮的外衣，幹嘛！有用嗎！瑪莉把紙巾砸向我，正好完全蓋住我的臉，我透過白而薄的紙巾見著她嘟著嘴，兇聲地對來客喊著：你好，歡迎光臨。唉，她誤會我的意思了，我說的是淡水河，河邊蓋著漂亮成排的大理石椅，青青的綠皮也植得滿滿，可是……水臭了嘛。

我盯著瑪莉瞧，看她會不會過來問我，要不要續杯，但她都是繞過我走著。下工時，她頭也不回地踏出玻璃門。

直到見我在路上被幾百萬元名車急駛飛濺的水噴得近乎全溼時，她才笑著停下腳步。臭了吧，髒死了，她悻悻地晃著透明的小背包，包包裡的梳子鏡子跟著搖擺。是啊，我成了淡水河了，我沒好氣地擦拭著。還是名貴的臭水河喲，要被這種車正好噴到全身也不太容易的啊。她丟上來紙巾給我擦拭。

然後我帶她去河邊的大理石坐著，當時對岸有一棟房子正起火燃燒，濃煙遠看像一球球的棉團，紅色灰色交替地燒，救火車聲嗡嗡轉。這樣子隔岸觀火，好像跟我在做服務生一樣，她說。看火警跟妳做服務生有什麼關係？我納悶著。你不知道，每天到下午以後，餐廳人變少了，靜靜的，連廚房的人也在打盹，只有我在一旁煮著咖啡，悄悄走近客人旁邊問要不要再來一杯，我好像成了一位竊聽者。她撫著胸口說。聽到些什麼了嗎？我問。嗯，……唉，無非是每個人的密碼，聽了和自己一點關係也沒有，像在看災難片一樣，像不像現在的我們，隔岸觀火。她突然地站到了石椅上，轉著身，輕舞著，抖落了一地的青春。

我退到石椅後面，觀望著那場火，火像在襯托她似的，以橘紅熾天為背景，獨舞，時重時輕，忽快忽慢，乍淡乍絢。當紅天轉黑時，她的身體像一聲嘆息地凝住不動。我看得有些目瞪口呆，如果眞有密碼，我肯定解不開眼前這個她。

後來瑪莉就再也不談王塔基了。他不知自己身懷至寶，卻向外求；他不再做世界上最好吃的麵包了，說要去做股票，賺了錢會回來向我買好幾套百科全書……她淡淡地點了根薄荷菸說。

我從逆風中看到她的眼睫毛夾過了，且刷了層紫，一下子長大了不少。小麥子，你呢，女人的錢還沒被你坐吃山空嗎？她第一次叫我小麥子，我聽慣了她叫喂喂，突然愣了一下，許久才答，沒聽過麥子不死嗎。她聽了縱然大笑。等我賣到第一百套百科全書的那天，我把提款卡三分之一借你用，她說。紫睫毛因笑得有些激動而拓了一些些在眼瞼下。

她手指上的天使一會兒飛到耳際，忽而吻上髮梢，沒有一刻安靜，那是她新戴上去的一枚尾戒。只有發呆時，天使才會被她支在下顎上，愣愣地亮著銀光。

這個天使戒指是我朋友在梵諦岡大教堂頂端的Gift Shop買來送我的，當時我好想去當修女。哦，我還以爲妳想結婚呢；我仔細看著天使的臉，像朵盛開的玫瑰。瑪莉又說後來我媽怕我亂跑就要我去考大學，她跑去算命說要一個屬馬的人去陪我考，且要左腳先跨入考場才會上榜，我都照她的意思做，還是沒考上呀。

空氣靜默了一下，她吸吸氣，我以爲她要哭了，她卻說，也好，不然我就不會跑來端盤子，一天到晚問人家要不要續杯，也就碰不到你了。

窗外的雨聲聽起來像廚房嗶剝價響的熱油鍋。

我尋音轉向玻璃窗，看著一場全心全意下的雨，感到一種溫暖，來自體內所沒有過的一種女性情意。

我開始相信際遇，一種沒來由的際遇。

對街的餐廳店面在裝修著，工人在吊著招牌。歪了歪了，左邊點，太過來了，再右一點點，一點點就好，對了，唉，正了，就別再晃了嘛；來，再向左一點點，好好好。聽著他們上下對話，瑪莉覺得挺有趣的，你看，差一點都不行。是啊，差一點我就不會坐在這家餐廳，碰到妳了。差哪一點呀？她又眨了眨睫毛，於是另一邊眼瞼也拓著紫。我本想告訴她，下回別刷睫毛了，但嘴裡還是胡亂地回答，差在有沒有續杯。哦，我知道了，你貪小便宜。我笑說，是因爲對正了就別再亂晃，所以也沒去別家了。她手撐著桌沿望向窗，我知道她在玩味著我的話。你看，這家店取的名字好怪喲！她怪叫道。想不起來，我唸著，竟說，很好呀。想不起來，那以後還來不來呢？

她啞然道。

誰知道呢？也許不必靠想的就能來的呀。我覺得這眞是個用腦過度的下午，有違我失業的身心狀態。我第一次有了愈盪愈疲勞的感覺，那是發生在瑪莉要我說說丟掉飯碗的原因。

原因？什麼是原因？我不知道。

知道的是那一陣子，周遭似漸漸薰沉了的珠黃色調。我沉陷在曖昧的情況中，不自覺地把這個字眼用到我寫的廣告文案裡。

在情人節促銷香水的廣告裡，我寫：「情人的曖昧空間，就像香水的誘惑」，客戶老大和經理接受了這類俗用的字眼，情人節愈俗愈好，不要他媽的曲高和寡，他們說。在許臣牌馬桶廣告裡，我寫：「你和他之間的曖昧，讓許臣爲你話清涼。」結果，馬桶賣得不理想，不過客戶和經理說，大概是市場未開吧，自動沖水洗屁股的馬桶，很多人還沒習慣用。然後在某家國營公司的年度形象廣告裡，我寫：「在這裡，曖昧是國有企業致勝的關鍵。」你他媽的怎麼了，你到底在和誰搞曖昧呀！經理吼叫著。

在他被國營大老臭罵一頓後，他也往我的臉上丟著文案，罵道：你他媽的知道嗎，我從不過目你出手的文案，你卻在搞鬼，寫這什麼形象廣告嘛，國營企業早透明化了，你還在搞曖昧這一套。

我能說我在搞的曖昧是他老婆嗎？我把頭垂在兩膝間，正好看到我人生欲望的大患之處。

是那個芭比嗎？瑪莉同情地摸著我的頭髮說。

嗯。致命的芭比。

眞愛不是超過道德、法律，一切條件的嗎？她尖聲說著。

我抬頭望著她，定定地望，我想臉上有一絲動容吧。旋即，卻又垂頭喪氣地說：但抵不過槍桿子的試探。我們沒有走上另一條路，那是因爲我們沒被那條路試探過；人禁不起試探。我說得像是洩了氣的氣球。別沮喪啊，你不是獲得了贍養費和自由嗎？她說。贍養費？我怪叫地複述。她給了你提款卡啊。我點頭承認，承認接受第二個女人的提款卡，內心卻像窗外小販在柏油路上傾倒一缸子熱水的煙騰騰白氣，心茫茫一片。

雨停，天空倏地抖掉了黑鬱的罩篷，亮了起來。樹在緩緩地微笑，土裡有蟲在呼吸耶，瑪莉說。我也給她一個微笑，然後雙雙不約而同地把頭望向騎樓，看著躲在廊下的男孩女孩互相抹掉臉上的幾顆水珠子，手攜手往大路走，水被他們隨興地濺飛了起來。

我又把頭轉回看著眼前的瑪莉，覺得她好像走錯了時空，她這樣的青春應該在剛剛那個隊伍裡呀，怎麼會和我這樣的人廝混呢。

隔了幾天，瑪莉要我去快餐店看她抓的老鼠。

老鼠有什麼好看？我睏極了。

一個黏板可以黏兩隻，老鼠被黏住走不了，只有死路一條，她說。

眼睜睜看牠死路一條，多慘呀，我不去，我說。但心裡對那種可以把命運黏住不走的黏板倒是感到好奇。我又問著她，黏板是專門用來黏老鼠的嗎？

是呀，難不成拿來打乒乓球啊，你到底來不來看呀，店長一回來，老鼠就要拿出去丟掉了，她說。

妳先描述黏板上的老鼠給我聽，我人還躺在床上。

氣還沒斷，一直掙扎；有一隻還嘗試咬斷黏住的腿好逃脫黏板，現在牠們眼睛睜得大大的，身體卻是越來越消瘦……，她說。

我聽了感覺她像在講我似的，昨天我一直未進食，眼睛大大地瞪著天花板，感覺身體沒有入口也沒有出口。

然後我倏地彈跳起身，決定去看她抓來的老鼠。

我到快餐店的路上，看到詹姆斯狄恩正在一家時髦進口成衣店的入口叼著菸，約莫是初一十五吧，店的門口正在焚燒著金紙，火光映著詹姆斯狄恩。

感覺魅魅至極，看板複製的立體人像乍看卻和眞人一模一樣，我心想要是能複製一個芭比女人該多好呀，不一會，又覺得自己個性太耽溺了。我是來看老鼠的，我告訴我自己。

我到了店裡，瑪莉正輪值掃廁所，我穿過「清潔中」的牌子進了女廁，正好瞧見她的屁股以下對著我，身體成九十度地擦著地板。她從開岔的兩腿間看到我的運動褲，人連帶著拖把，一個漂亮弧度地轉身。等會喲，老鼠被我拎到更衣室了，她抹去汗漬說著。

等她擦地擰乾拖把的空檔，我探了探女廁，一種習慣使然，我想起有次和芭比去唱ＫＴＶ，什麼歌也沒唱，就盡躲在廁所裡做愛。瑪莉未察覺到我閃過的神色有些片刻的痙攣，她逕自用濕著的手引我到員工更衣室。

她兀自拉起簾幕更換著制服，薄布正映著陽光，她的剪影有絲氣息沁入了我的心，但說不上來是什麼。老鼠呢？我開腔，像在防著什麼事情會發生似的。

就在鞋櫃的牆角邊，你去看吧，我要先洗把臉。刷的一聲，她從簾幕後走出。

她說的鞋櫃在另一邊的廊上，無光區，暗得很，走近時只見四顆眼睛晶亮地對著我，我知道就是牠們了。然後我看見眼睛像動畫似的在我眼前逐格轉小，光漸弱。我大喊，要死了，要死了。瑪莉突地拍著我的肩，害我駭了一大跳。幹嘛不出聲。嘻嘻，她笑，沒想到你膽子比我小。我見她還在嘲笑於是很不悅地走到窗邊。

她走過來，挨著，學著老鼠樣子，先是眼睜得大大的，然後越來越小地闔上不動。我突地在她眼皮上吻了一下，她燦笑地睜開眼說，老鼠一定恨死我了，我們還在這裡開玩笑。

然後我說我喝膩了她們店裡的咖啡了，到別家去吧。「那你是不是也看膩我了？」她說。我心想才覺得彼此有些開始呢，怎會看膩。但嘴裡只說著，只看膩了穿制服時的妳。

於是我們轉去一家氣氛稍好的咖啡店，咖啡喝到一半，無端擁進來一群方從高樓釋放出來的各類色獸，穿著白襯衫藍灰呢毛褲，聲浪奇大，抖動著腿和手上的菸。我看到你的過去喲，瑪莉瞥瞥眼說著，這回她刷的睫毛是綠的。我現在看到穿西裝和抖腿的人就頭痛，我說。

我突然好奇地問她都怎麼向別人賣書的，她說隨緣，看臉色看氣氛看長相，放長線釣大魚啦。哦，那我是那個大魚囉。那線也太長了吧，現在你想買也不會賣給你了。為什麼呢？我感到困惑，她是挺愛錢的女生。賣給你也沒用啊，你的問題，百科全書裡沒有解答。別人的就有解答？嗯，總有一部分在書裡找得到答案，不像你，全身都是無解。她挑著咖啡上的一球奶油吸吮著，奶油頓時像被車輪輾過一般的齒痕斑斑。無解，我很納悶這個說詞。她用手比劃著「心」說，你這裡壞掉了，你是個麻煩的人，想存在又想解脫。我點頭說，嗯，本質的麻煩。我終於知道瑪莉為何不是和廊下的男孩女孩一起走的人了，她有自己的路。

離開咖啡店時，騎樓下幾個婦人坐在板凳上手腳俐落地包著粽子，四周散著竹葉香。綑綁的粽子，滴著油，滑竄成川，滑入了下水道，我聽見它們發出愉悅的聲音；心想可是快近端午了，自己卻過的是不知今夕何夕的一天又一天。

那天我和瑪莉後來不知怎麼走的，走著走著，黃昏時走到了鐵軌，兩旁的樹群聚著叫聲蒼啞的鳥，體色灰斑，但眼神通透。有的辭枝，下壓，倒飛，墜下，重複爬升。我意感瑪莉是這種鳥；而我是那種被發現時，會跌跌撞撞躲入草叢的那種鳥。天漸暗落，我心也沉，瑪莉只是笑，有時會哼些我沒聽過的歌，歌聲有一種流浪的味道。

你這種人應該遇到高人才有救，她說。

說話的那天她帶我到一個不起眼的窄巷，推開其中一戶木門，一個老女人蹲在窯爐前眼睛發著亮。老人抬臉的片刻，我彷彿見到瑪莉的未來。太像了啊，我脫口道。什麼像，這是眞劍耶。瑪莉則以爲我在說劍。她把劍抽出鞘，屋子像點了盞燈。

那是我姥姥，她失去記憶了，只記得鑄劍。晚一點，我媽會來，我們該走了。我不懂瑪莉要我來的用意，只是茫然地跟著她走進走出，一切都不著邊際。

我和她穿過吊在廊下的劍身，風吹過叮叮咚咚，音聲很悅耳。瑪莉卻兀自蒼啞說著這些劍可得經過日曬雨淋一番，五年的熱脹冷縮，銼銼磨磨，有的熬不過就只是廢鐵了。

隔不久，我再去快餐店找她，她竟坐在靠窗的位子點著菸媚媚地瞟眼抽著。妳打混啊，在這抽菸，我故意扯嗓怪叫。她卻溫溫自喜地說，我剛剛結束最後一個鐘點，去他的你要不要續杯。我聽了竟好惆悵。

我百科全書賣了一百套了，她用手比了個V字形，勝利快樂的小臉兒，睫毛顫動得像是窗外椰子樹新生的小葉脈，搧來自由的涼風。然後她將菸蒂往黑盤上扭轉，火星在她食指拇指間飛起又飄隕。手往透明袋子掏了又掏，一本綠皮書約略穿過梳子鏡子小說……，然後秀在我眼前。她的眼睛期待地說著，快看快看。我打開一看是本護照，上頭有幾個國家的通行證章。只能給你十分之一的錢了，她說著把一張提款卡遞過來。她還記得她的那個玩笑之語。我偷偷把那提款卡夾回護照裡。

你還害怕飛嗎？她定眼看著我。

嗯，還是跌跌撞撞地躲進草叢裡。我輕輕握著她的手，用一種感激的溫度。你喲！她抽回手，敲打了我一記頭。跟你在一起會實現願望喲，她臉上閃過一種天使和天使相遇的溫藉暖調。

那晚，我化成了一把劍。

「……後來，那把劍就一直在那塊大地上。

也許，過去的日子不會很多吧，可是如果沒有那場雨來淋，把長門那條街上的血跡沖洗乾淨，那麼淡忘也不會那麼快吧。春天來得快去得也快，梅雨過後，是誰也不曾記得那件事了，但是那把劍卻一直留在那裡，那裡。

雖然那裡有的是人，或者該說一個月有三次的市集，大地也不乏人潮，可是劍的位置擺設卻一直沒變過。甚至過了許多年以後，劍柄已然腐朽，劍身也是鏽色斑斑，遺忘竟變成了它留在原地的唯一理由。沒有人動過它一指，只有一些小蝸牛，曾爬到劍的最頂端，去汲取那清晨的第一滴露珠。

劍的傳奇，劍主人的聲名，無可救藥的在某種自然定律中逝去。……」

在劍的上述夢境中醒來，渾身痠痛，敲著臂膀想，這回我終於早起了。清晨裡，小蝸牛剛睜眼時，我看到瑪莉搭的那班飛機掠過我的領空。

「瑪莉！」

我聽見我第一次叫她的名字，一個在我失業時烙下深淺不一印痕的名字。

梅雨季

阿智不給她答案，
她的天空於是永遠若梅雨濘濘未開。

1991年寫畢。

小梅在父親走後的半年，終於在幾度拿起又放下聽筒的徘徊裡，遲遲挨挨地撥通了電話。

電話那頭的阿智才昏昏寐寐地喂了一聲，小梅就抽抽噎噎地哽咽了起來，等她鼻涕齊下一陣後，才有了第一句話：「我可不可以麻煩你一件事。」

沉溺的人。阿智想，不管時間幻化多久，這個女人總以落淚來作爲開場的話外音。他在拿起聽筒的幾秒空隙裡，只覺得人不斷地墜下墜下，衰老衰老。

以至於他想逃、逃到不會讓他有這種下墜感的地方。

但小梅特有的鼻息，帶點靦腆，摻雜沙沙似落葉的呼吸頻率，讓阿智熟悉至彷若與生俱來的同體。於是無論時空演化，他總還能在日漸庸俗的不復記憶中，竟感小梅打電話來的間隔頻率。

這通電話和上一通電話相隔七個月，上回是小梅打電話來問他的公司住址，說要寄還他留在她那邊的一些東西。叫她逕寄家裡，她偏說要用掛號的，寄到公司他才方便收得到。掛號，我有什麼貴重東西留在她那裡了？他想。他一向不太問她話的。不久收到的掛號包，才拆開紙的一角，就有一股塵封的霉味撲鼻，他知道那是內褲，他當兵前留在她租處的。當時確是以爲會再和小梅見面的，再擁抱她的。

後來是隔了一年半載，他們見了最後一次面。阿智退伍前幾天，小梅突然南下來到他的會客室。一見到阿智就落淚如雨，惹得有些隊上兄弟頻頻投以調侃的笑意。

小梅說她父親長骨刺，又跌斷腿……；阿智不知自己爲何能一直面無表情地坐著聽。那是一個夏天，營內像燃燒後的焦土，細塵揚揚，每粒沙石彼此觸摸撞擊，再化爲塵。沒有樹，只有野草，但蟬鳴仍悶悶地滲進耳膜。他見小梅的嘴巴不再動的那一刻起了身，他知道背後有兩道光想望穿他。

再回來時，阿智的手裡多了張提款卡，他把這些個月當排長的盈餘給她。小梅背向他離去時，熱氣已開始從黏膩中稀釋著，有絲微風，他看見沙塵從自己身上飛離，飄落前方。他才注意到小梅頂了個微鬈的短髮，從背後看像心電圖終止跳動的波頻線。

小梅一向習慣留長髮的，說才有安全感。阿智那次見她一改舊習，使得曾在一起的四年，多了層陌生。

小梅的背影杳去，她的人才進入阿智腦海。阿智回想起取提款卡的回程，老遠就見小梅在和值班的一位小兵說著話，不知何事說得她捂著嘴笑，不防還嗆咳了好一會，她是那種笑時都還有愁容的人。坐在長條板凳的腿高高懸著，在陽光下盪成一種孤意無邊的線條，細細的，隨時會離身。小梅模樣好小啊，阿智想。

他的心底響起大學時每每抱著她會不期然哼的〈再見女郎〉。

小梅在電話中提到的父親，阿智見過，像小梅的未來。也是那種笑時會不自覺流露心底無限事的人。

阿智想到這樣的老人摔斷腿的模樣，不知怎地心疼了起來，他黯然地抬頭看看天空，橘紅的捲雲裡颳來黑色陰影，罩在他回營的泥地上。

小梅這邊卻攀上了高速公路，揚著手的身子越出路肩邊線許多，使得巴士不得不停下來載她。「急著看男朋友啊。」司機大手搖轉著方向盤瞟了她一眼說。小梅聳聳肩不置可否地笑了一下。

在滿車漾著睡意的空間裡，找了個角落靠窗挨著。她從背包裡掏出提款卡，從斜暉中的某個角度可以見到自己容顏的反射倒影。她知道這張卡的密碼是她的生日。設定號碼那天，是她第一次南下高雄，也是阿智入伍首次有的三天長假。接到要她去看他的電話，小梅記得那片刻的心跳，是一種此生永遠不會再有的狂跳。

南下前晚她特別去把頭髮平板燙，光光滑滑的表面，她想阿智喜歡這種觸感的。轉了巴士才來到小鎮，路上已有草綠服兵在閒走，小梅加快腳步，拿出身分證進了灰鴿色的屋內，張望著前面等待解放的隊伍，看到阿智，臉才笑開了。當阿智曬成黑醬色的手過來抓她手時，她哽咽著，不敢出聲說想他，怕淚會拴不住。阿智倒是尋常人家似地帶她穿出人群。在小巷裡幾彎幾拐，他領她進入小屋子中的小房間。小梅覷到每間屋裡都有人在低沉說話，這廂的阿智倒是沙沙也似地在脫衣服，「變瘦了喲。」她看著他光身的模樣說了第一句話。「嗯，剛來都會的，過一陣子不僅會變回來，還會更胖。」阿智說。

房間其實只是個櫥櫃大小，兩人也沒多待。小梅記得阿智手摸了她胸部一把，就領她出來了。出來還照見阿智他班上的班對春生和章章。小梅見到章章渾身不快著，那章章更是難掩的瞬間結了層霜容。

「章小姐很不喜歡看到我和你在一起的樣子。」出了小屋，小梅說。知道自己心底也很不悅見她的，小梅的不悅來自章章在旁的掠奪感。

她無法忍受過往章章每每在她假期返家時，跑來找阿智。「同學一起來做功課，妳別太多心。」阿智只解釋過一次，後來他見小梅每每見章章臉變色也就由她了。

到最後小梅只好怨自己太多心。「你的房間有女人來過！」小梅嗅著鼻說。阿智不理，抱著一大堆衣服往浴缸丟，腳在上頭踩呀踩的，水花濺啊濺的。「對不起。」小梅攀著門投降說。

這一幕，大學老是上演。使得小梅老覺得那春生只是章章的障眼人，她的目標是她身旁的這個人。

「去哪家好呢？」阿智看著滿街霓虹看板自語，打斷小梅對章章的芥蒂之想。

依稀是睡到出了汗，有人敲門，急暴地逕自開鎖，門大力碰撞地就要開了，所幸被內裡的鍊子牽制住。「鐘點到了，要繼續嗎？」粗啞的中年女聲從門縫傳了進來。「又不是坐火車還有終點不終點的。」小梅爬起來穿衣服時想。卻聽阿智說，怎麼這麼快就過了六小時，買鐘點反而不划算。小梅才意會地兀自笑了起來。「妳應該多笑。」「是啊，可以掩飾我的小暴牙。」

出來時天色已沉，南部已是異鄉，小梅於是更緊緊握住阿智的手，阿智則不時藉故鬆手，後來乾脆把手放進口袋。他討厭路上的親密行爲。

那次其實什麼事也沒做好。阿智見小梅臉上冒出的幾粒小豆子就知道她的月事來，在旅館折騰了半會，還是有種不足的感覺。

阿智從不向她說再見，最多就是揮揮手。

回程的野雞車上，「I don't care, how did you get it」廣播傳來一個黑人唱藍調的歌，在這樣的時刻想起那個章章眞讓小梅感到長期抗戰的困頓。她知道這個人還不斷地在接近阿智。只是她不知道到底有多接近。

直到有一天發生一件事後。

小梅想起這事每每覺得不值啊。一個袋子，使他們的人生成了兩條平行線。入伍前阿智上來找過她一次，對阿智唯一主動找她的那次，她殘存的印象是不斷的走路，和他遺忘的一只背包。

那背包小梅一直沒想去動它，有天倒是不知何以地被勾起想用它的情愫。打開背包，將內裡的書本抽出，掉落的一張紙讓心怦動了好大一跳，這紙讓她怵目驚心的無非是見著了章章兩個字。再細看，人更是傻愣地癱在地上。紙是警方的筆錄，作筆錄者是阿智，他的陳述裡說道，和同學章章在中山橋和對街車相撞，章章迎面被撞及等等。「天啊，他們幾時出遊？」無巧不巧，隔了一個星期她返家，阿智卻來租處找她，發現袋子被翻過，很是不悅地淡淡留了張紙條，寫已下部隊，一切再說吧。

這「再說吧」猶如宣了刑期般，再見面就是小梅拿提款卡的那回。她父親挨撐了半年，還是走了，摔斷腿入院順便身體檢查，發現肝癌末期，人一發現有病，滅亡的腳程反而加速。把父親送進冷凍櫃的那晚，她夢見父親向她說好冷啊，醒來第一個反應是打電話給阿智。電話是阿智的秘書或會計之類的人接的，「總經理不在喲，妳是章小姐吧。」聲音有種刻意地討好，「我姓季……」小梅不舒服的想，打死我都不姓章，「要留電話嗎？」腔調明顯下降。小梅只默然掛了電話。

想阿智家的大片產業和她是一點關係也沒有的，可是他的人明明白白和自己在一起那麼多年，怎說換人就換人呢？她獨自辦完父親的葬禮，反正親友也沒幾個，一如多年前母親走時的孤寂，場面更凋零了，小梅不禁想，要是她走了，連個幫她辦後事的人都沒有呢，一門孤寡遺下的還是一門孤寡。有半年的時間她開始燒東西，燒完父親的，換燒自己的，燒所有阿智的東西，燒燒燒，看火舌吞噬紙張的蠻橫，一切灰飛煙滅。但她仍燒不去心頭的悵惘。

於是她又打電話給阿智。

「我可不可以麻煩你一件事。」阿智聽了也沒問，只問她現在在做什麼，「沒有工作，前陣子接了幾個電影的工作做，電影殺青就又失業了。」「別搞電影了，妳不適合。」……「妳父親好點沒？」「走了……」阿智聽了胸口一陣悶，空氣沉默了半晌，阿智突然說，「把妳的地址給我。」小梅聽了好高興，嚷嚷著說：「在我的老家啊，就是大四暑假我出麻疹你來看我的地方。」阿智在心底嘆了口氣，「嗯，但我要明確的地址，我寄錢給妳。」錢，就是小梅的麻煩事，被阿智說出口她卻開始逞強了，「我不需要呀。」阿智也不說破，「我能給的也只剩錢而已。」小梅聽了好不傷心，吸氣吸氣，在心底求自己無論如何別哭出聲來，阿智當然知道。他想了想小梅的地址，唸出來給她聽，「對吧？」小梅遮住話筒擤了鼻涕，沉沉地說：「嗯。」

掛上電話，小梅知道阿智這輩子再也不會來找她了。

隔些天，小梅收到一張十五萬元的匯票，還有兩張小小的卡片，一白一紅，白紙寫的是記得那美好；紅紙無語，該說的都在那惹她心狂的顏色上。

小梅的手心滲的汗把紅紙拓了層淚。

她終於不再打電話給阿智了。她一輩子不明白的事是：那章章到底是怎麼把自己贏過去的。

阿智不給她答案，她的天空於是永遠若梅雨濘濘未開。「好狠啊。」她常常浮起這樣的話。

而在台灣南方的阿智其實也沒有答案來解釋何以選擇章章，心情不好時他會把原因歸咎於多年前的那場車禍，他照顧章章好一段時間呢。「誰知道誰會跟誰誰不跟誰。」他聳聳肩望著橙黃的天空，「吃飯囉。」女人在喚。入內經過客廳，他習慣會望望牆角一個黑色的電話機，那裡有小梅。

再也沒有麻煩事了，電話看起來好寂寞。

相親相愛好嗎？

突然要落淚了。
但她已許久未曾流淚，
她連流淚的感覺也快枯竭了。

1998年寫畢。

再過兩週，就要新年了。

早上寶雨在撕去日曆時，母親的話在心頭響了起來。

這個世代，特別是雅痞，已經很少人用著這種大綠大紅色下印著大大阿拉伯數字的日曆了。寶雨望著數字下占了四分之一版面的大台北瓦斯水電行，專修馬桶不通的字樣時，心裡拂上一陣笑意。

那是她年初剛回國時，母親特別拎給她的。母親說，妳一定要一個大大的日曆才行，妳過日子從來是無日無夜的，陰陽倒反，這樣工作不會專心。母親還特別把每個月的九和十五日給圈了起來，以提醒她繳會錢和給零用錢。

寶雨就這樣望著日曆，類似今天這樣的四十五度仰角，從年初望到年底。其實她在意的不是日期，她喜歡撕日曆時用上一點點力道，喜歡薄紙被扯時在手中扭曲一團，然後咚地一聲投到竹筒的感覺。有時力道偏了，薄紙沒有準確被割下來，再扯一次，紙成了屑，白白飛揚，似羽似流年，倒是一天最美的鏡頭。

寶雨喜歡一天這樣的開始。

雖然她還是混沌著日子。醒來已是近午，若再賴床，包準是後面工廠午後開工的時間，一點半。煮杯咖啡，聽著蒸氣的呼呼喘氣，這是她最喜歡的聲音。就是這個時候寶雨才端著咖啡蹣跚挪步到客廳做一天的伸展操：撕日曆、投籃。

可是今天這份快感卻消失了，寶雨悵然至極。望著日曆大大的頭殼薄薄的身體，她感到和日曆有同樣的遭遇。不斷插入的事件脹著腦袋、襯著日益單薄的肉體。

年底，外面交通亂得一場糊塗，然後是寒流，冰冷的水氣從薄牆滲入她的骨頭。每個人都笑她，「拜託，從紐約回來的人還怕冷。」寶雨總是辯說：「我寧可要下雪的冷，也不要下雨的冷，溼答答的，連我的傳眞紙都發霉到沒辦法感應訊息了，何況是心。」綿綿不絕的寒流，陰鬱起盤旋在每日出門的天空，和寶雨的日子一個鼻孔出氣。寶雨名字帶雨，一向對下雨有好感的她，這回也忍不住對天氣發起嬌嗔來。

當然有時候天氣只是藉口，她其實每個月都會至少死上那麼一回。「死亡，死到連屁骨都無存。」她在日曆印著瓦斯行的旁邊胡寫著。屍在她的筆誤下，寫成了屁。但她沒有發現，她反身逕自在衣櫥內翻找著出門要穿的衣服。

衣櫥內幾乎都是清一色的黑，有那麼一兩件鮮豔的，是她今日想找的，找著了一件大約一年才會穿那麼一次的桃紅套頭毛衣，她好像在任意翻攪的當下出了怒氣般。

出了門，電話響了，寶雨懶得再找鑰匙，心想算了。走到一樓，老舊的門牆還傳來她自己的答錄留言，啞啞起說著：我是甄寶雨，請你留話。然後是一段英文錄音後跟著一聲好清脆的B聲。朋友每每笑寶雨，幹嘛留英文錄音，趕時髦啊。其實她是在想，美國的男朋友有一天突然想通了，會給她電話也說不定。她就是這般地放不下，念頭來去不安地作祟著日子。

開車往台北大度路的路上，寶雨開得慢，後面的車不時用大燈照她，她愈發開得更慢。沒什麼理由，她想。有時候只是她性情的一部分罷了。愈逼迫她，她愈慢。

只是去見客戶時，遲到了。雙方沒談妥文案內容，倒是盡喝著免費的續杯咖啡。客戶是建築商的業務代表，大家都叫他小馬。「幹嘛穿這麼鮮豔的衣服，怕天氣不清，被車撞啊。這種套頭毛衣，英文叫做烏龜裝，對吧。」寶雨作狀要敲他一記頭，手舉在空中被小馬攔下，兩人手掌碰觸了一下。寶雨心頭怪怪的。

這天文案沒談妥，加上小馬還有其他的事，就一拍兩散。

於是寶雨的時間一下子多了起來，寶雨望著小馬離去的背影，她以爲今天兩人見面會發生點什麼，她一向對男人的自覺還算準確，小馬看她的眼神有著游離和遲疑，使她有那麼點空間來想像。她在方才討論的筆記型電腦文案上，無聊地敲著鍵盤。寫著早點回家吧，記得今晚第四台有不錯的電影，「巴黎野玫瑰」完整版、「剃刀邊緣」。看了不會想睡覺的，我很「虛藥」。

然後她兀自笑了一下，她把需要打成了「虛藥」，寫錯字是她故意任性衍生的專長。

浮生亂世似的生活情節，一切的良藥建議確實都虛得不得了。一如母親的苦口婆心，寶雨怔忡著電腦螢幕，雙眼直視著餐桌旁兩隻迷你小蟑螂嬉戲著，牠們竟遁入她的鍵盤玩起躲貓貓，寶雨這廂卻惡狠狠地闔上了電腦，感到這是她生活裡唯一有的勝利感。

回程經過大度路時，在關渡宮不遠處就瞥見了紅燈，於是她讓車子緩緩滑行，在略微上坡的斑馬路上正好完美地停住。毛毛雨絲，攢密在前窗，冷氣團裡，霧茫茫的昏黃燈影下，兩個正要交接的憲兵踩著喀喀的步伐從她的車窗走過，鵝黃街燈投射在憲兵的冷冽制服上，剪影如魅，若濃霧森林裡的黑枝枯椏，又好像是罩著黑袍的死神在她眼前演練一般。這是她每天晚上欣賞的街頭秀，她愛死了這一幕，接近瀕死前的一種幻想。只要是夜晚，她大抵上都能看到這一幕，她也不知道爲何，每次開到這一段路口都是剛好轉紅燈的狀態，正好綠衣人要惶惶交接著。

她甚至一廂情願地以為那是神的戲碼。

這天寶雨比平日早些返家。車子拐進巷子，黑漆漆的；不意間，車子撞進了一個大凹洞，把她彈得好高。

社區的大狗旺旺卻在黑暗中迎著她，熱情地舔著她的絲襪。寶雨顛躓上樓，遲滯地開了門。高跟鞋不意踩著了旺旺，旺旺悶吼了一響。牠很少跟上來的，寶雨想約是方才忘了關大門。見牠進屋子，她也對牠悶吼了一聲。意思牠懂，牠在原地等著。

她把小馬沒吃完打包回家的豬肉片一片一片像丟飛盤似地丟給旺旺，心裡才開始有那麼點開心了。旺旺見肉盤不再丟向牠，也不多留，轉身無聲無息地下了樓。

寶雨在心底嘆了一晌，連狗都是只要嚐甜頭才願意陪她。

慣性地扭轉開關，燈絲無聲無影。顛躓走到廚房，扭開水龍頭，水嘩啦乾咳幾聲，哈出了一大口黃濃水，就啞了。

寶雨頹然地依稀想起幾天前有輛破車子扯著破鑼嗓說，幾月幾號幾點幾分要停水停電的印象。該死！她尋找蠟燭，在黑闃裡用鼻子在木櫃裡東嗅西嗅的。蠟燭的香味是香草的，她永遠記得這種恬美的氣味。

點了蠟燭，凝視燭心，卻又是一陣發愣。記憶的海嘯霎時尋香襲來，真是擋也擋不住。那是她和凱文見面，以美國人的角度應該算是Dating。還沒到達約會地點，她卻陷在一陣人海，被一團團的人圍住，動彈不得。四周的人高喊著「洋基！洋基！」好半天她才回過神來，搞清原來是紐約的洋基隊打了個全美棒球冠軍，那天正好來到了市政府接受表揚，瘋狂的紐約客就這樣地在街上興奮遊蕩，大肆販賣洋基隊紀念品。四周盡是手，上來抓寶雨，嘿，10 Dollars！10 Dollars！好不容易突破重圍走到了世貿大樓的噴水池，凱文竟不見人影。百層樓高削成的風谷把寶雨吹得逼出冷淚冷涕。

好在未久凱文來了，微笑地遞給她一根蠟燭，蠟燭外面品牌寫著洋基，寶雨看了一直笑。那就是剛才她被纏了好久，還是不肯掏錢買的，結果還是來到了手中。然她和凱文末了還是分手，因為寶雨發現他不只送她一個人蠟燭，而她是一直要成為男人唯一的那種女人。但卻也捨不得丟掉蠟燭，她喜歡那香氣。

蠟燭換了國度，今回可是第一次被點燃，心形熔成心碎狀。把她的頭影映在牆上，似月全蝕。

沒水喝，於是她又從山上開車到山下有燈火處的商店買水。買水回來，咕嚕咕嚕地灌了好大口。走到置著太陽花旁邊的傳眞電話機，機器上的紅燈一閃一閃地亮著。

寶雨按了鈕，先是一大段悶滯的空白，她一聽就知道是母親打來的。

「阿寶啊，明天說好的事，不要忘記了。」母親留的話。說好的事，還不是片面決定的，寶雨心想。她終於答應明天去相親。那個母親口中的新好男人，會載著母親和媒人來到她的住處，然後一起接她出門。

黑暗裡，寶雨覺得一切都無力極了。她自己認定的成年禮彷彿如今才開始呢，母親卻趕著她相親，那無疑宣告了自己埋葬了自己。黑暗裡她緩緩地盹著了半晌。

佛洛依德這時候來了電話把她搖醒。

佛洛依德說，明晚他可以到她那裡睡嗎？隔天她就可以直接送他去機場，這樣子比較不趕。「好啊，不過要晚上九點以後。白天我老媽要來。」寶雨說。然後想了想又補充道：「還有，我這裡沒水沒電，你要有心理準備。」「沒關係。」佛洛依德說。佛洛依德是她昔日美語老師的朋友，跟著來台灣賺外快。

寶雨想了一下今年夏天初識佛洛依德的情節，想了想，又盹了一會兒。然後被空氣冷醒了起來，縮成一團，手腳冰痲。什麼事也做不了，一切靜寂。暗如黑潮，靜寂的一切突然讓她反覆地悠悠睡了又醒，醒了又睡。

倒是旺旺盡責看顧社區的叫聲偶爾會把她喚醒。屋內一片冷白，淡淡地溢著香草幽香。洋基蠟燭不知何時燃完了，只剩一顆顆燭淚。

天大亮時，她提了個紅桶子，去隔鄰洗車的水龍頭處接了山水，洗把臉，還洗了身體其他容易出味的部位。

這種感覺讓她覺得生活的本身遠比相親要困難多了。

化了點妝，下意識地聞聞腋下，然後拿起架上的三宅一生香水噴了一下。她並不習慣香水味，但停水讓她沒有太多的選擇。

沒有太多的選擇也許是好的。就像還沒過三十，就有人逼她去相親一樣。

她安慰起自己來。

敲門聲準時大響，母親大嗓門的聲音已在身後形成巨浪。寶雨開了門，正好和母親口中的新好男人打了個照面。

寶雨開始後悔了。可是母親的好友，也是媒人的小珠阿姨可是一片好意，萬萬不能給她難堪。於是寶雨掩飾著悔意，猶仍略顯高興之情和他們一起下了樓，坐上了新好男人新買的白色賓士轎車。寶雨瞥見了母親坐上賓士車的一臉笑意時，內心更添了不適之意。

車子在幾彎幾拐中上了鄰近寶雨住家的觀音山土雞城。母親說，土雞，好吃。寶雨又難堪了起來。

然後也不知是有意的還是不留神的，寶雨在啃雞骨時，不防噎著了，嗆咳了好一陣，非常沒有淑女樣。母親瞪了她好幾眼，寶雨卻又咳又打嗝地沒完沒了，像隻小青蛙般。

回程，母親嘆了口氣，意感相親是白相了。

寶雨知曉，暗暗高興著。

當晚，寶雨在等待佛洛依德的空檔，回想白天的情節，突然爲母親難過了起來。

其實新好男人，不算新，就是母親那一輩女人所認定的好，母親只是看了電視，學了個新名詞罷了。「他有錢喲，一點也不花，老老實實的，是個顧家安定，又有情有義的人。就是學歷不夠高啦，他向阿珠說配不上妳，先就自卑起來了，所以如果妳拒絕了他，他不就更認定了妳是嫌他，這樣不好啦，女孩子姿態不要擺那麼高，見個面也不會死。」母親先前遊說的話，她倒帶聽了一遍。有情有義，這句話竟出自母親那嚴苛的嘴，寶雨搖頭失笑了一下。

不過，以老一代的標準，也許那人是合格的，有錢而殷實。但寶雨見著了男人竟在白色襯衫內穿著發黃棉內衣時，她就無法接受這種品味的他了。

水電還是沒來，這回她連蠟燭都懶得點了。

黑暗裡，她連自己的影子也看不見。密閉的窗還是送來冷風。寶雨不禁想起出國前，和幾個單身女郎租屋的金華街。她常常獨自走到寶宮戲院去看午夜場電影，幾乎到了什麼電影都看，然後再獨自走回租處。徒步的人行道上植有不知名的樹，雨夜裡有一種香氣。

眞傻膽呀！如今想來。寶雨得承認人愈老，膽子愈小。她想以前獨自看午夜場可是一天裡最私密私我的享受，空蕩蕩的老戲院，陰幽幽的樓梯，晃震震的老木椅，播放的廣告歌也常常是有氣無力的，欲斷欲續。售票口的人，通常都不是小姐，而是個老頭。遞給寶雨電影票時，總是碰她手指一下。賣爆米花的則給了寶雨最大包的爆米花，因爲反正要打烊了，何況寶雨看起來挺可愛的。

當時寶雨有個綽號叫做紫玫瑰。因爲室友常常笑寶雨得的是「開羅紫玫瑰」症候群，也就是和伍迪·艾倫的影片「開羅紫玫瑰」的女主角一樣，用電影的想像來代替人生的女人。

寶雨卻也不置可否地接受了「紫玫瑰」，當了紫玫瑰整整三年。直到紫玫瑰發黑了，直到林之義再也不北上了，直到台北的一切都隨著她將要到紐約而遁遁杳去。

唯一不變的習慣是她還是常常寫白字，寫別字，生活中的驚遇已經愈發少了。

彼時寶雨也不盡然每次都獨自去看電影的。有時候室友蘇芳玫沒去約會，又或者遠在新竹工作的林之義，興致一來，也會一起結伴去看個電影。林之義是當時的男友，若是他不辭辛勞夜裡北上，當然不會是爲了和她看場電影。他想的是她的身體。非常淺白的道理，寶雨懂。

留宿的林之義，得早早起床往新竹科學園區跑，那時間也就是寶雨好夢正酣時。等到寶雨眞正醒來，林之義人去杳空，她這廂卻常以爲是自己昨晚做夢夢見他了。

看電影時，偶爾會見到摩門教的教徒穿著白襯衫黑西裝褲地騎著單車，溫文有禮地微笑著，向寶雨點點頭，招招手。

想到此，寶雨突然噗嗤一笑，對了，今天的新好男人就是像個摩門教徒的裝扮，只是皮膚黑了點罷了。

一時，樓下旺旺突然狂叫得厲害。寶雨手腳痲痲地踉踉蹌蹌拐著腿踱到窗口，開了窗，冷空氣直撲欺顏，把她完全從記憶的谷底拉攀上來。

佛洛依德來了。

擁有四分之一印第安血統的深邃輪廓，在街燈的映照下，顯得姣好。佛洛依德本名其實是叫洛伊，是寶雨有時會故意把發音扭轉，戲喚他爲佛洛依德的。再加上洛伊嗜夢耽夢，寶雨心情好時就更堂而皇之地這般叫他了。

寶雨探頭，見到洛伊和旺旺在戲耍著，樓上的鄰人在陽台澆著花草，水滴在簷上，咚咚地響。寶雨咦了一聲，「每一家都有電有水了。」於是她開了電燈開關，燈瞬間被捻亮，赤焰刺眼極了，她又啪地一聲，捻暗。

然後才按了樓下鐵門的鈕，鐵門應聲而開。洛伊和旺旺倒是玩得挺相熟的，好像一時他還不想上來，寶雨也就由他了。

隔了會，樓梯間才傳來洛伊踏步的聲響。

「還是沒水啊？」洛伊問。邊放下了他手中的兩只皮箱和一只登山用的背包。彈掉了夾腳拖鞋，大力地癱在寶雨的幾何沙發上。行止間好像他也是這家的一口人，和寶雨是老妻老夫似的。看在寶雨的眼裡，卻有一絲的好笑。心想，好吧，既然你要做做男主人的樣子，那麼家事也該來管一管吧。

「你去廚房打開水龍頭看看。」寶雨說。

躺得正舒服的洛伊遲遲起了身，走向屋後的廚房。

寶雨聽到水龍頭嗚咽了一聲，喘了老大一口氣就停擺了。

「還是沒水。」洛伊又折回她的沙發上，手伸過來勾著寶雨的細腰。寶雨也不閃也不示好，心裡倒是有絲嘆息，嘟著嘴嘀咕著，「沒水，沒水，沒水也不會幫我看看是出了什麼問題。」

「沒水，沒水代表說妳的生活乾涸了，妳需要性生活了。」洛伊還是如如不動。

「狗屁啦，那之前我們整個社區的人不都患了性飢渴了。」寶雨聽了很不悅，扳開洛伊的手，起了身，踱步到廚房，打開水龍頭，水龍頭仍是乍然地乾咳幾聲，嗆出一大口黃濃水，就又不理睬寶雨了。寶雨一手扠在腰上，一手放到嘴裡，咬著禿禿的指甲，不明就裡地發起愣來。

洛伊起了身，在寶雨的工具箱裡翻找著用得上的工具。找到一把大鉗子，挨到寶雨身旁，示好地扭轉著水龍頭，但是過大的鉗子扣不上水龍頭的龍頭。

洛伊向寶雨攤攤手，一副妳看可不是我不幫妳喲。寶雨見了就有氣，氣什麼呢，氣自己沒用，找的男人全都幫不了她。

去年夏天，一場月圓漲潮外加超級颱風，把許多人的美夢自此夢碎心碎的那一回，她也是對外在環境意感孤寂十分。她記得那個夏天，正好是社區另外一隻不被承認的流浪狗小白，生了四隻小狗的時候。那日的颱風黃昏，天氣尚可，風雨不大，加上寶雨又是初初搬來此地，根本沒有警覺性。當她開車駛入社區，發現原本壅塞的路邊空空然，還兀自高興著眞好，有這麼多車位好停。天色晚些，窗外滾滾潮水吼來吼去，她往窗外一探，才發現海水已經開始拍撲著路邊，倒灌著。寶雨一驚，想到小狗，慌慌下樓，小白見了她，一種來自本能的緊張驅使著小白繞著寶雨團團轉，待見了小狗一一入屋，才跟著進屋子。

寶雨在樓梯的轉角空地，築了窩，放了食物和水，把小狗圈在窩裡，以防小狗攀爬亂跑。

忙垮了，才想到她的車子。又是慌慌驚驚，心想難怪社區的人都沒來停車，別人早就遷妥了，就剩她這個傻子。在大風大雨裡，終於覓著了一處稍高的地勢，一路路燈全熄了，只有她這輛車在試圖著轉進高地。然後，寶雨下車欲探停妥與否，一見，她差點沒把膽給嚇跑。只差一步，她的車子就會載著她的人墜入谷底，魂魄都給嚇醒了。緊張又上了車，卻忘了轉倒退檔，忙忙急踩煞車，打倒退檔，人已是一身溼得冷汗涔涔。茫茫中，孤燈孤影，在離家有些遠的一處地方，才覓著了位子，停好了車，在風雨中荒涼著心，小心踱回原路。後來索性連雨傘也不撐了，淋得一身一心的溼。七月天，沒道理的冷。

那一晚，也是斷電斷水，她連淚都沒有，連自憐的心情都來不及有，只是一勁地發呆，忽忽想起，要是有個男人在身旁該有多好，第一次想到母親一天到晚叨唸她的，女孩子要找個有臂膀可以靠的男人，妳光找要有感覺的，感覺可以幫妳做什麼，當飯吃啊。

那日她就在這樣的冥想中，望著燭心，想著母親的務實和功利。偶爾，下樓去看看小狗是否安然無恙。

隔日，聽到廣播說大樓倒了，一家又一家的、幾口又幾口的死了多少人，多少人妻離子散，天人永隔，聽得她一身雞皮疙瘩。她聽了又轉換念頭，心想還好自己橫豎是一個人，光聽妻離子散，她就受不了了。如果眞有事故發生，唯一難受的可能只是母親，她想想有些不安，於是趕緊撥了電話，電話打不出去。放下電話，電話卻響了，是母親。還好，電話可以撥進來。

老媽劈頭竟說，寶雨啊，妳看妳，沒人在妳身旁，颱風天的，每個人家都是聚在一起的。要死也要死在一起啊，只有妳要做孤魂野鬼。就是我雖然早就當了寡婦了，但好歹也有妳哥哥們陪啊，只有妳……要給妳相親妳又不要。我讓妳出國念書，可不是要妳給我嫁美國人呀，那些洋番啊，長毛鬈髮深眼睛的，看得我好害怕喲。人家好意要給妳介紹，妳又身段特高。

寶雨急急切切地說，拜託！別老在那裡動我相親的念頭了。

心裡怨嘆著八字都沒一撇，什麼嫁美國人，老媽把全部的外國人都叫做是美國人。嫁外國佬又怎樣？寶雨回國唯一參加的婚禮也是中美聯姻。她想起那個婚禮，感到一陣荒蕪。

那是和她同在紐約的苦情姊妹花之一的可可特地回國補辦的婚禮。早就不參加婚宴的寶雨，為了和可可的交誼不同，首次破例開車南下。

車行到泰山收費站，大雨滂沱到幾乎沒有視線，像要把過去狠狠拋掉的一種下法。戰戰兢兢一路車行至竹東下交流道，雨倒是停了。陽光稍稍露了小臉，寶雨心情也才稍稍好了些。她對於找路有些不耐。然後又是車行好久，迷了好幾個彎路，才覓著了可可家的客家莊，街名就叫幸福街。

「我好沒水準，對不對。」可可指著自己穿著棗紅新娘裝的微凸肚子說。寶雨卻一直孟浪地笑著好一陣，她實在沒辦法接受戴假髮、胖了將近一號的可可。過去在紐約苦難與共的心情，突然溢著一種幸福。寶雨卻寧可選擇苦難與共，她對於婚宴總是有一大段的心情距離。

「妳知道嗎，大衛很有錢耶，大我十一歲。他沒娶老婆，是因爲過去的女朋友都是只愛他的錢。他以爲我不愛他的錢，其實我只是忍了六個月，我是放長線釣大魚。」可可說著，大衛在一旁聽不懂，還笑得很開心。寶雨一時很難把可可過去交的帥哥男友和現在的大衛作聯想，她沒想到可可的婚姻理論完全是她老媽論調的翻版。

婚宴上，寶雨被拉坐在新娘桌上，充當其他親屬和新郎官的翻譯。其實也不太需要寶雨來居間翻譯，因爲鄉下人家看到外國人，靦腆極了，有的歐巴桑還只是偷偷地瞄新郎官，沒敢正眼瞧。寶雨問可可心情如何，「哎，沒感覺。沒有少女時期的浪漫或者複雜了。」可可的母親幫著大衛夾菜，兩人眼神交會，就是言謝了。

寶雨突然對這種應對，感到一種生活的敬意。

然寶雨又續想，老媽雖說功利，但老媽還是要她嫁中國人的。

不久前，某日上午，母親突然來她的房子突襲檢查。電話大響，把她和洛伊嚇醒，不敢應門。寶雨穿衣悄悄步行到窗前觀看，豈料，母親不走，一副等妳等到老的表情。

寶雨拍打著洛伊，要他頭戴安全帽走出大門，母親不會認得的。

大門一開，母親忙趨前拐進門內，和洛伊擦身而過，然後就上了寶雨的樓層，死命地按著電鈴。來了啦，寶雨趿著拖鞋，假裝睡眼惺忪狀。

剛才有男人來過妳這裡啊。母親這裡嗅嗅，那裡聞聞的，像樓下的小白母狗。

哪有，拜託。寶雨癱在沙發上，無力地說著。心裡想，我都快三十歲了，母親卻像在查一個十八歲女兒的模樣。

母親瞪了她一眼，也不再責說什麼了。她想難道是自己的鼻子過於敏感嗎，寶雨身上留有些許淡淡的古龍水味，跟方才和她錯身而過的安全帽男子味道相似呢。

及至一身古龍水味襲至寶雨身邊，寶雨轉頭，是洛伊在撞著她的肘子。寶雨對他笑一笑，從記憶的谷底攀爬回到現實。

洛伊說，甜心，我可以幫妳做任何事，但妳確定只有妳這家沒水嗎。寶雨點頭。她指指水龍頭說，我問過水公司，水公司說水早就供應了，問過隔壁的了，他家有水，他說可能是空氣阻塞，要打開所有的水龍頭，衝破空氣的阻塞。但我已經全都打開了，打開有一陣了，還是沒水啊。然後鄰居又教我，可以對著水龍頭做吸氣的動作，把堆擠的空氣吸出來，但我的力氣不夠大。寶雨的嘴對著水龍頭，示範著。

洛伊一聽卻說這種對著水龍頭接吻，沒有道理，沒用的，何況他也絕不這樣做。寶雨聽了有點生氣，不是說可以幫我做任何事嗎，卻總是有但書的。就像老媽說的，看電視電影老是見外國人動不動就在那裡甜心甜心的，眞正碰到問題，看他對妳還甜心不甜心。

見寶雨不悅，洛伊倒是過來抱著寶雨。寶雨扳開他的手，跑掉了。心想明天趕緊把洛伊送走也好。

那一晚，他們各睡各的。寶雨一向習慣自己睡，所以事件的關係不大，倒是臨睡前洛伊喃喃說，我走了，妳會想起我的。

隔天，一早起來，寶雨便奔去浴室打開水龍頭，該死的水龍頭還是只光在那裡乾嗆著，很不屑似地吐出髒漬的黃濃水。寶雨簡直要感到天地對她不仁了。沒水，使她心情大壞，聽到醒來的洛伊，還是對她喊著甜心，一時竟失控地大發脾氣起來。罵著國語，幹幹幹！幹幹幹，包括了白日被迫的那場無聊相親，包括了對生活的一切無奈，包括對相愛的如此困頓，包括對洛伊還能一副說笑的猴樣，包括自己數不清的情緒。

洛伊一臉無辜。寶雨喊著幹幹幹，在他聽來像是喊著gun gun gun，他望著她笑。他愈笑，寶雨愈是生氣。臭著一張嘴，開著冰箱，拿出一瓶寶特瓶，搖晃著水，咕嚕咕嚕地漱著口。

洛伊挨過來討個吻，寶雨賞給了他一記輕掌。看錶，示意著洛伊該上飛機了。洛伊聳聳肩，套好長褲，拎了行李下樓。

寶雨的車子上了濱海公路，天空陰陰的，像是要來一場大雨了。洛伊卻在那兒說著，實在很不習慣早上起來沒沖澡。寶雨遂冷冷地回說sorry。洛伊沒有察覺那份冷，又叨叨說，很多外國人不喜歡台北，說台北是世界上最醜的城市，但他喜歡，因爲有他生活過的氣味，有他的朋友。寶雨聽著心裡雖然有了一丁點溫度開始回升，但表情還是僵硬著。

自言自語一番後，洛伊突然想起什麼似的，掏掏口袋，空空如也，約是沒有台幣了，寶雨見狀也沒說什麼，就遞給了他兩張藍藍的薄鈔。

洛伊說了聲謝謝，收下。他的人這時候才不知意會到什麼，開始有了點安靜。

進入出境區，洛伊人都還沒拐進機場內，寶雨的車就駛走了。

虧我還稱他佛洛依德呢。寶雨對兩人這樣的結局，感到是一種天意。誰教這時候才要沒水呢。

沒水，再怎麼樣好脾氣也難啊。寶雨看到雨欲落未落的天際，浮現著人生無法控制。可不是嗎，連沒水，也會影響一齣可能的愛情發展。寶雨這時候才想到連佛洛依德要去哪，搭哪班飛機也沒問一聲。

送行，哪有人像她這般的，一股怨氣。

她只好把一切都歸罪於沒水。

原路走濱海公路，她把車停靠在濱海的空地，向小販買了罐飲料喝，望著大海。幽幽思起，有一回和洛伊騎著他的那輛摩托車，一路噪音極大，很招搖地穿過車陣蛇行，趕在黃昏時到了一處海邊。洛伊執意要去的一處海邊，海的那邊應該是美國的方向。海邊有工人在挖著砂石，燈光照得通亮，勾勒出洛伊的金髮身軀宛如米開朗基羅的天使肖像畫；而一旁的寶雨則好單薄，像是隨時會被風吹到海裡似的。裙襬飄著，似天使的兩翼。

寶雨思之，突然要落淚了。但她已許久未曾流淚，她連流淚的感覺也快枯竭了。

然後她在大雨未落前，趕抵了家。旺旺挨過來討好，小白躲在車底下搖著尾巴。她累得連牠們都懶得理了。小白生的四隻狗兒，全被夜行疾駛的車子輾過，陣亡了。有隻被寶雨發現，給攜到海邊埋了。母親說，寶雨要是對自己的婚事也像對野狗的這份認眞就好了。

上了樓，仍是箭步往水龍頭走。沒水，又是沒水，寶雨氣得用手拍打牆壁。

在這樣用力的拍打中，突然靈光一現，後陽台洗衣機的背後有一座從來沒開過的水龍頭，她忘了有這個水龍頭的存在。所以當她以為打開了所有的水龍頭時，就是獨獨沒有打開這一關。

她遂奔往廚房、浴室、後陽台，急急打開所有的水龍頭，咕嚕咕嚕，水流的聲音響著愉悅，轟地唰了一聲，水衝破了阻擾的空氣，終於有水了。

寶雨又跳又笑著，喊著有水了，有水啦。

大笑過一陣，突然大大寂寞了起來。

她想佛洛依德跟自己確實是無緣的。這時，不知怎地，她突然好想去城市找找小馬，對男人的直覺也許不再那麼準了，但她還是確定如果她願意的話，憑她的樣子，小馬和自己還是有搞頭的。

在一場相親過後，在一場不確定的停水過後，她給了自己一些安慰。

再見，壁櫥內的蛙魂

相知相惜後來還是被命運之手操弄了，
但我只願去記美好的部分，
這是體恤還是虛心？

1992年寫畢。

九月的一天，小蛋糕帶喜餅偕同準夫婿來我家時，我在城裡。

我是在隔天約莫不到六點的清晨，被母親打來的電話吵醒，才在不悅中得知的。母親拔高的聲浪，像股欲成形的海嘯，透著強大莫名的喜氣。奇怪，要嫁的人又不是她的女兒……，沒錯，母親接下來就問我什麼時候也要請人吃喜餅。一大早的我去問誰，我沒好口氣地說著。

當時我還沒清醒，甚至誰要結婚也沒去意會。只在揶揄著自己又要去做個永遠無法回收的散財童子。年關近了，物價飛漲，連紅包都不能太難看。上回年薪百萬的當歸鴨結婚時，我眞地忘了，她現在還猶恨在心呢。恨的自不是人沒到。

等我抽空回到家時，只看到喜而無餅了。鑲金字的硬紙盒裡，殘有薄屑，還有介於猩紅和乳紅的那種俗麗玫瑰紅紙，從紙色和透油的程度，我知道是南部訂做的大餅，餡肥而膩香。

卻非是小蛋糕在十九歲生日許願說的：「結婚的喜餅，要請大家吃女兒紅。」

「女兒紅，吃紅蛋啊。」「不是啦，是台北的喜餅。」「……」「唉呀，就是有很漂亮圖案，我上次給妳裝書籤的鐵盒。」

「她先生看起來是個讀書的老實人，而且還有田地喔。」母親在背後悄然襲入的喜氣聲打斷了我的回顧。讀書人才不老實呢，我在心裡說著。而唯一可以鐵口斷定的是小蛋糕的另一半不是以前暗戀說要到白頭的那個人。

多少年了？小蛋糕徒留喜餅的姿態，使我陷入記憶的泥淖，冥想滿樹竹蜻蜓的旋轉墜落之姿。

我和小蛋糕最後一次出遊，是在十八歲的那年。

爲了慶祝我在兄長淫威利誘下才考上的大學。金榜其實於我只是個交差，並沒有帶來和辛苦相對應的喜樂。我只是默默將唯一一次自己的名字被印成鉛字的那張報紙，小心地收在餅乾鐵盒，以防被母親拿去賣給了舊貨商。而沒有考上大學的小蛋糕，就要被送去日本了。

那次遊玩的地點就像車站售票上方壓克力板上的藍字，密密麻麻。

我們是擲銅板的當下決定跳上一輛開往東方的火車。沿線站名無一得識，許是默契，許是性情，使我們兩落與不落的答案永遠一致。決定因素回想起來其實很簡單，就是只要站名好聽便下車玩耍。

我們和幾個黧黑的山童在窄而險的棧道擦身而過，我們遲緩多疑的步履，還使山童大笑不已。「膽小鬼！」離了幾步遠，有一個人終於回過頭朝我們的背影發出這樣的一吼。回想起來那其實是很中肯的評價。

滿山的竹蜻蜓花，粉紅花瓣辭枝，一聲聲喟嘆的旋轉，冷豔於地，安安靜靜，乾乾淨淨，如面如鏡。

靜謐。這種靜謐像官堂中寫的肅靜二字，或是劉姥姥突面對大觀園的富麗所產生的驚靜。

見牡丹站名，雀躍而下，急出車站，喃喃唸著牡丹牡丹，速尋，除了牆上寫著藍底白字的牡丹外，牡丹對我們這兩株小野花而言，只是個富豪的意象。

後來依稀是去了菁桐、望古、雙溪……，忘了是在哪棵樹下憩息。那樹下的風忽起兮，撩起了些什麼心思？

我們談天，或者無語，話題和沉默的不外是大至小蛋糕要到日本和母親生活，小至年齡增加了，身高卻停擺諸話不等。

九月末梢的最後蟬鳴，唧唧嗚嗚；火車駛過，窗邊的乘客定然不解，秋老虎的赤焰下，怎麼會有兩個小土蛋又笑又淚地賣著傻。

其實，我不太記得那趟旅程我們究竟承諾了什麼，事後只是深刻地記住被挨了幾個響板。

母親在發現錢包少了幾張紅薄紙鈔後，扁擔就劈了下來。而小蛋糕的那次旅費是省下她母親寄來的錢。那筆錢原本是小蛋糕每天早晚給自己和我買兩塊奶油或黑森林蛋糕用的，於是我們好些時日就只在櫥窗看著蛋糕的召喚，呑嚥難堪羞澀的口水。

然而那個如面如鏡的下午，在往後邁向目不暇給的熱鬧中，記憶成了日久愈掩埋，愈是不敢以對的苦繭。

我看到喜餅上印的名字：姚黃，那是小蛋糕父母爲她命的名，長大我才知道「姚黃」可是牡丹之后。而當年，小蛋糕臉色蠟黃，只覺名字和她滿配的。如是歲月已過，愛情是消磨了她還是增長了她，我從母親嘴裡自無從得知。

我在和她主演的少女日記裡，逐一倒帶過濾，想起承諾是有那麼一條：一定要吃到對方的喜餅。

爲什麼不是要做對方的伴娘？我想，那年頭，吃對我們兩是件大事吧。我常把上課的昏沉，歸因於餓。小蛋糕還曾經耽嗜甜食致發胖不已，連學校遠足去北海岸鑽海邊密洞，唯有她被卡在洞口。飢餓感深深紮根腦海裡，徘徊不去，這影響了我日後戀愛的成敗，不知道小蛋糕可否也有這方面的無明。

我望著空空然已泛著油的硬紙喜盒，然後用食指沾了口水，黏了些薄屑到嘴裡，算是讓我們這個埋葬多年的宿願，得以一償。

小蛋糕考試落在第幾名，這種問題是很無聊的，反正是跟她卡在洞口不上不下一樣，沒人會去注意的那種。反倒是考過第一名也曾敬陪末座的我，在國中資優班中顯得詭譎。沒有人知道我在想什麼，連我自己也是未知。就好像無端春日裡襲起的暴風般。

至少我和她認識的三年，每天能吃到蛋糕一直是她的希望，因爲只有生日那天，她老爸才會想起有個乾巴巴的女兒。他會拎個蛋糕來看她。

我們在資優班裡成日內心渙散，擺在精明十足的裙釵堆裡，像個智能不足的傻女孩，成了魯鈍的人。

有一次，母親忘了帶家門鑰匙，穿著沾泥的雨靴，頭戴斗笠。全身溼黏，衣服漬滿菜汁地來到教室外，找我拿鑰匙時，正在教數學厲聲厲色的導師，從黑板轉身駭了一跳的表情，我永遠記得，那表情深深傷我的心。

但我仍在一群純白色的羊裡，做個披著羊皮的小狼。

近視眼卻沒錢去配眼鏡的小蛋糕，有次只是看人，卻硬被耍狠的高年級大狼說成是斜眼瞄人，被迫抽了口大菸，嗆了好幾口，直到引對方嚎笑才止。

某次在禮品店裡，看見一個百變哈哈鏡，兩人同時入鏡，臉變形地發笑，卻不慎把哈哈鏡給震到地上。賠錢？我們寧可被罰看顧了三天的店。

「怎麼，又頭髮痛了！」這是缺課時最常被老師調侃的原因。

所幸，高一整整一年的日子，時而會在我即將慘墜之時，靈光一閃地來到眼前。冒牌小狼於是也只能在百般無聊的一式歲月，使點小小的壞。兩人穿戴同樣衣飾，中分頭髮，覓嗅同類族群的氣息。但是，沒有相同的，我們知道。

除了小蛋糕外，高中三年，如果還有可資記憶的人，那得先說說高一的導師華美蓮。

在這個崇尚都會議題、情色欲望的年代，去懷念一個高中女生，去提起一個高中老師，是令人格格不入的落伍，但這就是我的念舊個性吧。

我認識華美蓮就是從這個「我」開始，當時她在黑板寫了個「我」，那時我還是個剛頂西瓜青皮的新生。

「我要幹嘛？」有人大剌剌地問。

「幹嘛，說得好，也就是寫這個我要做什麼，我是誰，你們爲什麼會坐在這裡，……」她用蓮花一指，指著每顆小腦袋瓜。已經有人在底下竊笑，說會坐在這裡，都是爸媽逼來的，這還用問。但我聽到妳們怎麼會在這裡時，還偷偷把手往黑裙一探，掐著大腿，痛伴隨神經流竄，是一種眞實感到存在的奇特。午後嬉鬧的黏膩在聆聽華美蓮的輕語後，再無往昔躁熱。於是安靜地洋洋灑灑寫了很多的「我」。專注到被後座的陳快春沾了團墨，白衫暈染了墨，也渾然不覺。

隔週，華老師在一疊藍皮作文本裡，抽了一本唸著文本。咦，這個「我」不是我嗎，只有我知道是在唸「我」，唸到要當南丁格爾時，我還詫異我有寫過嗎，我最怕血了。我喜歡幫助別人，不會吧，除非爲了當模範生。未久，全班都在發笑，我才從冥想中，手肘被撞了幾下，謎底揭曉了，那個「我」是我，坐前座的轉頭望向我來。

文章美則美矣，就是我字用太多了。然而我我我，在往後混沌攀爬的日子，還是扛了太多。樂於助人此話一說，就成了公堂對宣，我只好說我很樂意負責接送一位行動不方便的同學，於是這成了每日的功課。

我和當時未被喚作小蛋糕的姚黃，就是在那種機緣下要好的。

開學不過三週吧，某日午，待我正要打開羞澀便當時，一陣擾攘如擊鼓般綿密襲近，陳快春一向快人快語，只見她忙蓋上我的鋁盒蓋，拉我急出，尚不知何事，已識出校園菩提樹下的剪影是姚黃，灼炎烈日，幾個男生班掃塵卻更塵，那姚黃卻像明清小說裡的賣身葬父的柔弱女子。

我一走近，她就跑遠，一追一跑，後來是她跑不動了先停住，頹坐地上時，我眼尖地倏欺近身，搶她手上的瓶子。我不知爲何心中淤著一股強大的怒流，頓把瓶子擯至地上。剎見沙地敵煙四起，那是毒藥啊。煙起煙散的彈指間隙，我和姚黃注定了以後的相知。相知相惜後來還是被命運之手操弄了，但我只願去記美好的部分，這是體恤還是虛心？

當時，我很霸氣地不准姚黃叫我老鼠的綽號，卻自行喚她小蛋糕。那是在那次她自殺未遂之後，她母親自責地以給她多點錢來代替愛。那時候她還沒有餘錢也給我完整的一片，因而總分我一半蛋糕吃。有時早自習還偷偷用奶油偷襲對方的鼻子。通常都是她成功，她比我短少一公分，坐在前座，忽一轉身偷襲，我冷不防便成了平劇裡畫著白鼻子的臉譜。

屈指算算，那時候的華美蓮，比我現在還小，應從師範剛畢業吧。當她穿著緊身的牛仔褲在課堂上唸著課本，陳快春像發現什麼似地在下課宣稱：「導師的臀圍大概有三十八喲。」我還因此翻臉呢。心裡約略生氣地想，「蓮」應該是清瘦孤挺的，哪有那麼巨大的。天曉得，當時的三十八，我有多少概念呢。

導師教到「鳶」字，分解成「戈」「鳥」地唸著，陳快春說：「割鳥，老師色情污染！」美蓮只是笑，還稱讚著她反應很快嘛。我卻希望陳快春嘴巴爛掉，在桌下傳紙條給小蛋糕，要小蛋糕踢坐在前面的這個小賤嘴。

我認識觀音山有多個面相就是在那年。華美蓮說，既然有多個入山口，那就要每一面都去領略，看看觀音不同的姿態。七次吧，印象裡從八里海口下山那次最難，跌得滿身泥，卻是嘻笑自足。

在初長芒草中意會蕭蕭；冬冷霧起，知曉了含意微微。

我在那一年裡，並不知道什麼叫做緣，叫做福。只因後來的落差太大，才有了些體會。香遠益清時日不復返，如果有人懷念什麼六〇年、七〇、八〇年代等等之語，我則只懷念那一年。一個不需要加框年代賦予形式、主義的年，像禮服店的結婚照，永遠指向不變的幸福感。

其實，除了第一次作文課唸了我那篇似真似假的告白，引起些微未能適應的不悅外，我和華美蓮，初次見面卻不是挺愉快的。

事出於為期三天的新生訓練，我第一天就遲到。早晨，母親找不到要報到的戶口名簿，躁急地翻箱倒櫃，手掐著我說，去做女工算了。

九月，升騰熱力蒸得操場沙塵散忞，心情大壞。臉紅撲撲地站著，忘了要自備矮摺椅，順理成章地在聽訓時罰站著。

這種像草原裡豎生幾株站立的小樹畫面，一班總有那麼些個。

小學母校和中學連在一起，僅隔一面磚牆，牆原是矮的，中午十二時，小學校那邊會站著一列小草兵，等著家姊兄長來取便當的場景。我念小二，送完念中學的大哥，大哥畢了業，改送升中學的小哥，待換我了，不僅沒人可以為我送便當，竟連福利社也在教育局推行不吃零食運動裡關了門，加上學校門禁，若是沒有帶便當，則意味著餓肚子了。

我於是在母親忙碌下，有一餐沒一餐的，和小蛋糕相依為命。

午休，偶會望向那片佇足經年的牆。懷想在牆下藍天雨灰的日子裡，孤伶地護著便當的神采。一想起就會呑嚥口水，想要是有人送便當來給我就好了。果真有那麼幾次，小蛋糕的母親出現教室外，手裡清楚地拎著兩個便當盒，盒外繫著青花色巾，角端露出鋁銀色盒子時，簡直是快樂到雲端之感。

似乎扯遠了，我不是光在講那片牆，對吧，而是那天的我，站立在牆下，像絕縫迸出的小草。那是我第一次感到自己的特立獨行。但我也知道大半識得我的新生們，耳語著：「成績這麼好，領縣長獎的人都會被罰站喲。」那訓詞冗長至極，但華老師都沒能讓我和有位子的人擠一擠。她知人甚深吧，其實那片草叢中兀立的小樹孤寂畫面，非常傳神地預示了我往後的際遇心情。

那是每週三下午課外活動時間，我當時不知有何想法突變，竟選了自然科學。導師還以爲我懂得調合感性和理性。不知是迷糊所致。

迷糊是，降旗各自到操場，依里鄰排好隊伍，我鐵是再三走錯。「家在安慶街，爲何不是屬安慶里，什麼幸福里嘛。」我咕噥著。小蛋糕笑說，大概妳家的風水要妳幸福喔。我一愣，心思停了幾秒，疼惜地摸摸她的頭。迷糊是，黑裙子我老繫不慣皮帶。有次拖曳著長長皮帶，我動它動，我停它停，一開始卻不去想是皮帶鬆了，竟想是否有什麼鬼怪跟著，還嚇壞著自己。

第一次上自然科學，跑到了編織課，陳快春假好意地來唧咕一陣，待老師進，發下毛線球，才在陳快春的使壞笑聲裡疾出。心裡大怨著小蛋糕請假，丟我一人上課。

汗涔涔地尋到末端教室，黑板卻寫著改到實驗室，實驗室，實驗室，在哪啊……，等找到那充斥著藥水酒精味的空間時，望著灰水泥表面，流傳誰污了錢，誰關說了什麼才蓋起來的繪聲繪影教室時，心裡陡然有涼意。自然科學老師已在台上，長得骨瘦似細竹，沉了墨無血色，我低頭進，她目光冷冷。

我感覺她是個只疼男生的那種女老師。

遲到的人叫什麼名字？她說。

「曾美。」我道。只見泰半的人皆回望過來，好似要確定來的人到底是不是眞的很美。

回身角度最大的那人我認得，小學隔壁班班長方悼祖。他的表情似老人，老像探到一個密穴似的一種幽微掛在臉上，鼻樑上架著副眼鏡，他用手指了指台上，我不解，他耐心地用雙手遮著兩耳一字一字說著：「去拿工具。」我手裡於是多了些冰冷的剪刀夾子，冷光映在薄臉上，格外顯陰。

選定位子，方悼祖就挨在我旁邊。接下來，按指示地走到台上的大綠桶，往桶內一瞧，只差沒暈過去，一團墨綠褐斑動物像疊羅漢身覆著身。「快拿呀！發什麼呆！」老師說。我才在反胃裡抓起一隻滑溜黏答的青蛙仔。手掌有牠心跳的感覺。

近看，一點也沒有在母親的田裡見到牠在蓮葉穿梭時的動靜美態。放手，牠竟不動。實驗室外陽光篩進，手裡刀光映著牠，像深海裡不規則流晃成形的玳瑁。

我想我也愣住了，還以爲自然科學就是到戶外的大自然裡玩耍，最多孵孵綠豆芽罷了。豈知要生宰活田雞，牠的體溫曾傳到我的掌心，無論如何我下不了刀。方悼祖邊往青皮上的胸口劃下一刀，邊告訴我他改了名。「我現在不叫悼祖了，改叫榮祖。光榮的榮。」我沒仔細聽，只呆望那隻乍然休克的青蛙。好在鐘聲敲了響，救了我和牠一命，我把牠丟給了方悼祖，他很樂。

自然老師猶在台上叮嚀下週要交標本，而我已軟塌地疾步走出，邊抖著身上沾惹的酒精味。外頭暖陽攤在身上，才想起方才忘了問他爲何改名。

「你幹嘛要改叫方光祖？」

「拜託，是方榮祖，我老爸說，以前叫悼祖是爲了紀念大陸的祖父，算命的說要悼念十年以上，才可以改名。現在可是榮耀祖父的時候了。」他說榮耀時，確實是帶著十足光榮的神色。他的成績已晉升到全校前五名，但我卻耳聞他只讓他開計程車的爸爸送到離校門口兩百公尺處。

反正，當他用裝著血淋身軀的塑膠袋，在我眼前戲弄時，我就下定決心，打死也不理他這隻四眼田雞。

小蛋糕隔日卻帶著一隻眼睛來上課，另一隻眼蒙在厚厚的紗布上，說是得了針眼。快春一見她的獨眼龍造型，笑她定瞧了不潔的東西。小蛋糕竟傻愣地回答：「是啊，看到我爸爸算不算不潔。」

看到她爸爸會長針眼，我想小蛋糕大概又是餓昏了。

那陣子，我們班上每個人都很羨慕她爸媽要離婚，連男生班的人也都覺得不該再欺負小蛋糕了，這種對待更使我們覺得沒有爸媽既自由幸福又兼惹人憐愛。

但這種幸福猜想，好像不包括小蛋糕。黃昏，我和她站在屋頂，往下看，見到準備蓋有電梯的大樓空地上，工人在挖著基地。小蛋糕的淚咚咚往下落，好似和著水泥了。我想，將來這棟大樓蓋好了，築有她的淚。

雲彩挪過天際，無言了一會。想起自然科學的解剖課，便說來嚇嚇她。她不驚不怖反而哭得肆放，工人們都抬頭望向了我們。她哭說她的命運和那待宰的青蛙一樣，「我就要死了，這次是眞的，小美。」

想起毒藥冒煙的灼灼午後，不覺冒了冷汗。手緊緊搭撫著她的肩膀，手跟著她上下拍動著，活像我抓過的那隻顫慄的青蛙。我嘆了好大一口氣，那口氣像三小時的寫實電影裡的空鏡頭，很帶詩意的。

空鏡頭過後，我提起了方悼祖，沒想到這才有了下一波的高潮戲上演。

「方悼祖，他也選自然科學呀，他變得怎麼樣，他……」「他提到了妳。」我故意說，沒想到奏效，她破涕為笑。

「他從昨天起改名叫方榮祖了。」

「這個名字好，適合他，悼字多不祥啊。」她很滿意。

下週三課外活動前的下課十分鐘，她在廁所好一陣才出來，被在外頭等的我叨唸時，臉上竟有著從來都沒有對我過的不悅神色。我納悶著。

那天，我們都沒有交青蛙骨骼構造圖，我還差點異想天開，想用牙籤拼貼一張摸混交去。

沒有殘殺青蛙，使我每次走到蓮藕田呼喚老爸回家吃晚飯時，還能和停頓在蓮葉沾著露水的蛙兒，無愧地打個招呼。

爾後，學校要每班選出一名模範生出來競選時，我被那篇作文寫的「我」，長久塑造成同學眼中完美的「我」，於是代表十三班出來競選，初嘗權力的滋味。抽籤時，正好抽到十三號。小蛋糕可也反應快，頻安慰我說這比一號還好記呢。「十三班十三號曾美，每天爲大家服務。」她都想好了競選詞。

我心想才不要爲大家服務呢，還每天呢，模範生可眞苦。競選策略是相聲兼吉他演奏，當然這些能力都不是小蛋糕會的，她只負責把我的名字寫在黑板上。

第一次也是最後一次到方悼祖（我一直還是叫他方悼祖，也許因爲年少總是感於悼多於榮吧，又或者改了名字就等於是改了過去的想法使然。）的班上時，緊張過度的小蛋糕竟一腳踩進台上給老師洗手用的小水桶，台下有半秒空白，因不知發生何事而空氣凝結，待小蛋糕腳溼答答抬起時，台下轟然一陣哄笑，方悼祖的笑聲更是大到刺耳。我狠瞪了這個「殺手」一眼，算是替小蛋糕報了一箭之仇。但小蛋糕竟情緒低落到不可言喻，連陳快春用食物誘她都沒用。

在距離投票前些天，華老師突然把我叫去，面色如僵。

「妳是不是沒交課外活動的作業，都過好幾週了，爲什麼不交？」她不抬頭看我，低頭用毛筆蘸沾紅墨，在黑黑的字上圈著。坐她對面的生物老師倒是一勁地看著我，冷諷地說：「曾美呀，有模範生不交作業的嗎？」

「放學時，妳和姚黃留下來等我，現在回去上課了。」華老師說。我看著她想，怎今天這朵蓮花開在欲落雨的陰霾天裡。

全校約走了大半，導師的鞋跟方在迴廊響著。

「妳們兩個趁天還沒黑，去菜市場買青蛙，靠近三和路的那個市場有賣。」她從皮包掏了些錢給我。「多買幾隻，免得被妳們解剖壞了，順便吃個晚餐，明天利用時間去請教生物老師，懂吧。」然後她的鞋跟觸地，踱步行遠。

我們兩望著手中的鈔票發了半晌呆，一致地想要是能全拿來買吃的就好了。

找著市場後，也不忙著找有賣青蛙的攤子，先吃了碗加滷蛋的陽春麵，才擦擦嘴，一攤一攤地尋去。最後在一個擺著兩個紅水桶的老媼前找著。我們還在推拉中，老婆婆便一手抓青蛙，一手抓烏龜地問我們要哪一種？

我遠遠指指青蛙，小蛋糕怯怯地比了五隻。老婆婆邊找錢邊說青蛙肉又甜又新鮮，進補最好，女孩兒吃了水汪汪。

我們大約是跌跌撞撞地走出了菜市場，感覺撞了好些人的肘子。塑膠袋內的青蛙更是衝撞得很厲害。

市場的燈泡一個個亮起時，我們還在入口思量青蛙的歸處。

「放妳家。」我把塑膠袋作勢伸向她說。

「不行，我媽媽鐵會嚇昏的。妳家種田，沒有人會怕青蛙，放妳家比較好。」

「我怕呀，拜託！難道種田的人就活該倒楣呀。」我沒好氣地說。況且我老爸會把青蛙加米酒頭煮來吃，還會誇我頂孝順的。

於是我就說來玩抓烏龜好了，在地上撿了兩根紅線用一長一短，抽到短的就做烏龜，青蛙歸烏龜管。讓給小蛋糕先抽，她一見是短的竟嘟著嘴要哭了。磨磨蹭蹭的，只好踱回了學校。

「放在自然老師的抽屜好了。」我說。「哈，把這個女殺魔王嚇死才過癮。」音調提得好高好壯膽。低年級教室整排在闃黑中，月兒弓在樟樹裡，兩隻小貓潛行。

老師休息室鎖著，「怎麼辦呢？」我們的肥幫子也似青蛙般脹得鼓鼓的。

我想到了放清潔用具的壁櫥。於是匆匆把塑膠袋緊繫，青蛙往壁櫥一塞，關緊壁櫥，以防青蛙給趁黑溜了。

那天，返家的路上，穿過每日必經的公園，突地整座公園的路燈熄滅了，我們像瘋女似地一路尖叫著。

夜裡，我睡得香甜。五隻青蛙排成一列，在蓮葉上擺頭擺腦地唱著「一隻青蛙一張嘴，兩隻青蛙兩張嘴……」數得熟睡十分。

隔日，小蛋糕在我家門外呼叫我時，臉色也還詳靜。「我夢見有一處池塘的蝌蚪，在一夜裡，全迸成了一隻隻青蛙，把整個小池塘給擠得滿滿，像一鍋我媽媽煮的髮菜。」小蛋糕甩著髮絲說。

輕快地走到教室，卻見大夥亂烘烘的，陳快春見了我就忙說：「有謀殺案喲。」我瞥見敞開的壁櫥，始有了眉目。

五隻青蛙在塑膠袋內像被烤乾似地縮小好幾號，動也不動，沒氣了。

那次華老師的臉像朵枯萎近黑的蓮，對我們沉著。往後，我到田裡都只敢走到路的前頭，只遙喊著老爸該吃飯嘍。

夢裡的小夜曲竟成了安魂曲。

升上高二，進入灰澀浮雲連天的資優班行列，那青蛙死亡的陰影持續散著孤腔暗調。

陰影伴著我和小蛋糕走過聯考，資優裡唯一兩個搭不上名校班車的人。暑假我們去打工，中元節那天，老闆娘要我們兩在門口燒金銀紙祭好兄弟，我們兩個好姊妹卻把方寸的薄紙釀成了場大火。

十八歲，十八次看電影，我記得。往後的生離死別，我都怪是那青蛙的魂魄驅之不散的緣故吧！

我還未能意想故人的歸期，她卻已經把喜餅送到了我的面前。呈現著昔日相依相濡的聲聲色色。

一直不解她何以失信，在一別經年裡，無聲無息。只有她母親在日本賣春被拘留的傳聞，曾一度在鄉里發酵。那時期我正在戀愛，知道隱約的情事，擔心小蛋糕的命運未卜，稍稍傷了些心外，其餘的心全給情人占走了。

那情人不是別人，正是十六歲發誓再也不理的「死田雞」，命運機緣又把我和他湊在一塊了。

大學，他成了我的直屬學長，身高竄至幾有籃球選手的體格，而我卻只比十八歲的那年，多了五公分。

會在一起可能起因於我們都是北部南下的學生吧，租賃在外，天冷相擁，擁出了情。

中學，我和方悼祖曾經合辦了聯誼活動，我是在那次的聯誼前，從小蛋糕的期盼行徑，去意感她是非常在意方悼祖的。

我陪她去買了生平第一件胸罩，有小碎花系列。她一口氣買了四件，純白的她穿，粉紅的給了我。癡癡地想使看起來像畫了兩片荷包蛋的胸部，活出姿色來。並特地上了美容院，把她那一頭戴著軍訓帽，宛若頂了艘小船的波浪爆炸頭，給吹整得平滑服貼。

隔天，她首次單飛。我因臨時月事來，悶痛得無論如何不想去。傍晚回來，卻見她沉著臉說：「這些臭男生，有什麼了不起！」

闊別幾年，她有再長高嗎？都做些什麼？如果我向她說：「我曾有過方悼祖的小孩。」她會不會像那日清晨裡看見青蛙死亡地慘白著臉，還是淡淡一笑，像留予花痕的微風初遊。畢竟她都要結婚了，何況一切都在加速變化中。我們爲了趕看卡通才進去吃的楊媽媽牛肉麵也換成了家電玩店。而我也早不吃和「牛」有關的任何東西了，因爲有個算命仙說三月生的人不能吃牛肉。這等世俗重大之事，我竟無法告知她。

家裡的蓮藕田，變成了垃圾掩埋場，蓮根於地底暗泣出天無日。而我那個赤腳老爸，辭世的那晚，我用了五包一桶裝的衛生紙，還止不住伊的咳血時，那被我冤死的蛙魂又開始來擾了。而她呢？她曾以爲不潔的父親是否沾惹野花如昔？她的母親可心靜？我的母親爲著能吃到她的喜餅喜悅著，也爲我的婚期遙遙而兀自戚色重重；她甚至以爲我一直沒交過男朋友，殊不知女兒是悄悄地使壞。每個做母親的總自以爲了解女兒。

小蛋糕也定是如此吧，即便易換了空間，清癯的歲月裡，伊在他鄉，可有青蛙再入夢來。我決定按著喜盒紅紙上燙金字的喜宴住址，去一嚐如今蛋糕的甜度。

她知道，年輕時的我一向濫情得可以。

留在原地的遺忘

如果她當年曾喜歡青春時光的話，
只因生活裡有他……

1993年寫畢。

層疊群山的背後是煙嵐渺忽的靠海小城，鹹溼海風，吹拂著火車陡留的煤油煙味。只是有些淡淡的，但這般的薄縷氣息，已足以使他啓動敏銳的嗅覺，一路遊蕩至火車的月台。豎起兩耳，逡巡過往旅人，他從他們下車的表情，來決定自己的姿態。沁冷的空氣，水汪的眼睛，他傾注著柔情，望著燈霧下站立的幻碧，婉約蹲踞著，等著她的回應。及至幻碧在無望中回神，無意回望了他一眼，他才富節奏地搖擺走近，依戀地舔著她的手。幻碧察覺他的存在，遂矮身輕觸其涼溼的鼻頭，算是回應他始終流瀉的盼眸。她心海的悲意稍稍抵了岸，想著原來昨天傍晚這個小生命就在觀望她了，但昨天的世界對她而言，意義只有想看到一個久違的情人。

其餘都是不存在的。

她拎起背包往海邊的路走，他尾隨著，掛在脖子的小鈴鐺若隱若現。那鈴聲勾起幻碧無言難忍的痛，她想他是有主子的，卻想跟著她走；而自己是沒有主子的，想跟別人走，別人則拒之以絕。

春寒深深的容顏，使海邊像罩了鬱鬱蒼蒼的斗篷，大浪滔天，黑夜，只見她和他一身黑。冷極，幻碧蹲下打開背包，手在找大衣時，他飛撲上身，長毛宛要裹住她似的，一股暖意襲面。這一刻，幻碧終於坐在泥地上，撫著他，哭將起來。

海邊漁人正在收網，跳動的魚鱗像外太空乍現的微光。漁人回望她一眼，只是出於好奇，目光冷冷。而無視傷心人的卡車司機一路猛踩油門，用極速燈光掃來，把她和他勾勒出銀邊輪廓，且間或幾聲嚎嘯如狼地消失在山路的轉彎處。

打從唐幻碧輾轉得知一件事後，她就沒有好好睡過。

連生活的周遭也不放過她的睡神。

樓上單身漢的洗衣機聲夜裡傳動著，兜轉著馬達，一股生活的孤單氣味滿滿地釋放著，聲音清晰到一種接近醒悟的狀態。樓下的那對夫婦，則不知在喋喋吵著什麼瑣事，聲音忽高忽低的。卡在樓上和樓下的二樓她，起先是在床上睜著眼，怔忪著聲色，然後惶惶起身，蹀蹀趿步到客廳。此時，天空有最後一抹的深藍，沉陷在重重的黑色裡。

時間是午夜二時。她不知道為何單身漢這時候才要洗衣服，她也不關心夫婦在歙齟齬著什麼。但她知道為什麼她要起身，也許，只為了看天空的那一抹藍吧。

然後，她回望了一下房間，赭紅、寶藍和棕黃的民間色彩充斥在她牆上的畫。曾有朋友笑她，像住在一座寺廟裡。

三月，這天的初晨，她醒來對鏡照顏，眼光渙散下的那張臉，像塗抹不均的水泥牆，寫著生命底事的若干輕重。她撫撫眉心，中指像勒眉似地往兩側拉扯，企圖抹平那橫生在兩眉間的針線紋。就著光，側望、正看，那兩紋還是直直地豎著，她嘆了口氣，放下小圓鏡。想歲月累結的刻痕，又豈是一時可以無端抹殺。

然後，她打開錦盒，拿出項鍊戴時，雙手發抖地直扣不上，屏神理了氣才對準兩端缺口。在仔細用遮瑕膏塗去黑眼圈時，來了兩通電話，「對不起，這星期我休假，這會就要出遠門了。」她很慶幸有要出遠門的上等理由把邀約的飯局推掉。而所謂的就要出門是，她還花了兩個鐘頭，去美容院上髮捲，臉頰被蒸得紅撲撲的，且無端被設計師遊說地將兩側頭髮剪去了一大截。

「愈是在意愈是狼狽。」她在醜呆的心情下去了火車站。在路上惶惶然，腦中突然閃過一個畫面：一個繫著花巾的婦女蒙塵在城市裡，穿梭在速度中，向車窗內的人搖著她手裡的玉蘭花，一輛停下的賓士車放下車窗，當她把花交給車內的人時，她的花頓然從手中飛離。「林振心！」婦人驚呼。

那是大學男友曾向她開的一個玩笑，記憶深入此刻。「妳每天閒散著日子，可別有一天我發跡了，而妳還在打混，搞不好像那個女人一樣。」當林振心載著她，在等紅燈時指了路邊賣玉蘭花的婦女，半開玩笑地說。

這個舊時心影突然浮掠心頭，就像這雨予她的諸多不適。

火車站溼漉不堪，連下十來天的雨，讓春天發霉了。她的長裙在上天橋時，被下一個抬步者踩了一大印子。她一手持傘一手拎袋子，只能望著印記乾瞪眼，她討厭一切後來居上的人。

站在密密麻麻的時刻板下，心情殘存是否要退縮的意念時，人已來到了窗口。

「兩點二十分的已沒有座位了。」她見下一班就要晚了。「嗯，沒關係，一張。」買好了票，尚餘三十分鐘，她沒心沒思地上了車站二樓，晃了一圈，買了杯奶茶，選了個大玻璃鏡前的位子坐下。扯弄著兩側因剪短而顯得捲翹的髮梢，心想平時不打扮都沒此刻難看呀。奶茶冷了，她還在撥弄著頭髮。

意識到要上車時，匆匆奔至第三月台，肚子卻鬧疼，往廁所去再氣喘咻咻地上了車，覺得整個過程像全針對自己而來似的，感到有一隻無明的手在戲弄她，害她張張惶惶。這隻手是誰？無明是什麼？她不知道，她只關心要去見林振心這件事上。

念頭像車輪般往前滾。她不知道如何才能讓這滾起如煙的輪子煞住。她在兩節車廂的拱門形缺口處站著，軀體一路隨著車身悠悠，火車忽忽地在黑魅的地下道擺動。

直至出了隧道，驀地一人矮身鑽進她旁邊的一處缺口，放下小踏板坐著，頭正好和幻碧的臀部齊高，幻碧不自在地往外挪著身。「沒事，行行，我這樣坐夠了。」一口字正腔圓的國語向她說著。「你夠了，我可不願挨著你。」她心想，又把身子往外挪，但挪不開男人身上飄向她的古龍水味。

「小姐到哪裡？」男子約是蹲麻了忽一躍起身，頭先是撞著了幻碧手肘，再頂到了行李架，發出哐的一聲。幻碧望著窗外暴漲的小川、墜著沉重水分的樹景發著呆，心情頗不願被打擾，但還是禮貌說著：「到終點站。」「站到終點要是我會瘋掉。我去的地方沒有飛機，沒辦法，妳怎不坐飛機呢？」「時間夠。」她仍看著右邊的窗景，「不是時間夠不夠的問題，而是太虐待自己了。」幻碧淺笑不語，她心想，坐飛機太快了，我需要緩衝時間，我需要靠一路相陪的風景，以降服萬般的情緒。

但她的心還是沒有冷卻下來，她捏掐著手掌，汗在雙掌中游移稀釋。「他一定是禁錮太久了，只要我動之以情，再到他的住處溫存，他一定會回頭的。」這個幻碧心裡的他自不是眼前古龍水男子而是她要去見面的林振心，她一直只有他，雖然不見面這麼久了。

火車入山洞，在外黑內亮的明滅中，幻碧見著了臉，許多許多的臉，臉與臉不經意地交會，又各自閃閃躲遁。幻碧覷著自己，是如此的不滿意，唯一能倖免自嘲的只有那對清澈的雙眸。她知道最必須自嘲的是她那顆結滿石子的心，不過車窗照不見心，只有暫且相忘了。「妳穿這樣下車會冷的。」男子在隔了好久後忽盯著她說道。她眼波低垂地笑了一下，算是答話。「等會下車的人就多了，妳找個位子坐吧，不然太累了。」火車在他說話的那會靠站停頓下來，「拜拜。」幻碧由衷地說，換男子淺笑以答。她望著他的背影冥思，如果每次都能夠看只是看，不帶欲望地觀看該多好，分別兩無牽掛。但如果不是因她心裡牽掛著林振心，她會不會打開心窗讓其他機緣飛進來呢？她搖頭不敢續想。

面前出現了空位，在她要起身坐下時，一婦人已箭步將小孩往座位一扔，嘴裡且佯裝示好地說著：「妳不坐？」幻碧當然只能搖頭。「小姐要到哪裡？」婦人問。又來了，她想。「到終點。」「找朋友？」幻碧點點頭，心想自己的表情是很容易被看穿的。婦人拿出大包巧克力吃著，邊餵小孩幾粒，邊丟了好些顆在嘴裡，然後輕咬著孩子的面頰說：「你眞是個貪吃鬼喲。」寶貝十分的樣子，看到別人動不動就抬出我的小孩、我的家、我的小狗小貓的神情，幻碧就難忍地受不了，她對於家的一切生厭，倒非是因爲家的本身，而是擁有者「我的」這個那個多麼寶貝的態度。突然她背部猛地被撞了一下，一片反光板似的頭蓋頂映入眼簾，一個新好男人彎身逗著小孩。幻碧往他處走，那一口子家的甜膩味道在驅趕她。

不久她睡著了，醒來竟已到了終點，她懊惱著沒看到東部海岸線的美景，而該死的心情也還沒調整妥當。

出了車站，天色已暗了下來。她張望著街道的招牌，看到有美容院旋轉的燈幟就往那邊走去，她一心掛記著要把睡亂的頭髮吹整好。

補好妝，蕩回車站。野雞計程車朝她叫喚著。心還在猶疑要不要先打個電話？有個司機已向她走來，遊說地說著坐個車吧。她拿出紙條給他看：「知不知道這個地方？」司機想了一下，點點頭，「做大理石的工廠，對吧。」幻碧點頭想，那就上車吧。

車行之路，讓她不禁回味大學暑假來林振心家裡玩的青春模樣，飛揚，一切都在飛揚的狀態，球踢得好高好遠，長髮被強風吹盪著，長至膝蓋的稻穗像啦啦隊般在旁左右搖擺著。如果她當年曾喜歡青春時光的話，只因生活裡有林振心。沒有他，她就不知道如何去擺放蒼白的身體，在眾人面前，她只會窘迫。她其實害怕青春，害怕沒有感情的段落。

幻碧到了大理石工廠的路上才六點多，車窗外的天色黑影已魅魅不開。遞給司機兩百元，司機沒得找，幻碧見工廠內一片漆黑，想完了，人該不會走光了吧。司機卻又兜回街上，換了零錢才放她走。

她走進工廠，所幸不遠處看到一輛車子打開車燈，等著發動，一清瘦男子穿著她熟悉的衣服，直覺想沒錯了。好多年前來過的記憶一下子全被喚回。當年她來這家工廠參觀玩耍時，還被耳語的女工說是未來的女主人呢。

深呼吸，氣收腹腔，「掉一次淚就罰自己一餐不吃。」這是她行前給自己的命令。

「小姐找哪位？」男子說。「林振心在嗎？」她用鼻音低說。「他去了別的地方。請問妳是？」她聽了，頭一片發暈，她就是要見他的呀，他不是在電話中說他都會在這裡的嗎。她見男子在等她答話，「我是唐幻碧，林振心大學同學。」其實是同校還不同屆，但這樣說最簡捷，再多解釋也是說不下的，因她有種快死掉的悶窒感覺。「妳是唐幻碧！我們見過面的。」男子說。幻碧定眼再瞧，她想起來了，是林振心的妹妹亞芬的男朋友，以前和林振心去找他妹妹玩時，見了幾次，但名字想不起來。「我打電話給亞芬看看，也許阿振在她那裡。」幻碧跟他進屋。她環視這個曾夢想入主的屋子，然後又開始深呼吸、氣收腹腔。「阿碧姐來了，就在我旁邊，差點認不出來了，還以爲是哪個美女來找我呢。」他半開玩笑地說著，開朗的聲音讓幻碧想起他的綽號就叫小開。身上眼熟的衣服約是林振心不穿轉手給他的。

「妳知道她要來，……哦，好，好，我先把她帶回家等妳。」幻碧擔心著見不到林振心，又不好急切問他究竟在哪裡，只好隨小開上了車。「我差點就走了，剛好肚子餓，吃了旺旺仙貝耽擱了幾秒。」他說。「你在林振心家做事？」「嗯，幫幫忙而已，住岳母家。」「你和亞芬結婚了？」「嗯，再幾天就滿一週年囉。」他流露幸福異常的神采，「不簡單喲，和亞芬認識八年了。」幻碧心想，是呀，自己和振心認識不也八年了，路卻幾彎幾拐地走著，而且中途還被岔開了。

「妳出差嗎？」她點頭，卻想是專程來的。車子在一棟別墅下停住。「岳母新買的。」入了屋，幻碧可從物件看出哪些是振心買的，哪些是他母親的擺設。她向小開要了片頭痛藥。「妳知道振心就要結婚了嗎？」小開像忍了很久才說似地緩遲著聲調。幻碧深呼吸點頭，他是第二個告訴她的人，第一個是林振心的死黨，以前就玩在一起的方大頭。才昨天而已，她休假，一時興起想去看看方大頭，在毫無準備下得知的。於是今早她撥了電話給林振心，說想和他見個面。林振心還錯愕著她突然來襲的聲音，一時來不及說什麼。依稀只問著她是出差嗎？幻碧忙不迭說著：「是呀。」就怕他不給去，久沒聽的聲音，化成煙，都還像火，燙著人。

「妳後來都沒和振心聯絡了。」「嗯，快兩年了。」如果以身體來算，快要有四年多沒見了。「他要結婚我們也很突然，他還跑來問我結婚好不好。他的女朋友我只看過妳。」幻碧聽了心裡感激著。「唯一的跡象是十二月他和施小姐突然走得很近。」施小姐，她們彼此認得的，長年和她對林振心感情拉鋸戰的人。幻碧鬆一點，她就緊一點，後來幻碧實在累了，加上林振心一直向她表態是個不適合結婚的人，而她父親過世欠了些債務，讓她這幾年努力的生活，為人子而忙，只得把林振心放在心上，沒去經營兩人世界，安然地想：情況再壞他也不至於和別人結婚。於是，當她聽聞這個消息時，滿腦子都在這個關卡上打轉，她不去想感情發展的實質面貌和雙方漸行漸遠的眞相，只一心牽掛著他怎麼可以變了，怎麼可以！如果他是要結婚的人，早說嘛，她會努力的。

她退居一旁，只是以為他這輩子是不會結婚的人。她無法忍受這種突如其來的失敗感，原來不婚者是她自己，她好錯愕。

然而一心企盼能和振心共進晚餐，結果卻落了個空蕩蕩。幻碧和眼前的亞芬、小開小兩口吃著鐵板春雞，淚差點咚地落下，心跟著鐵板沸騰。一個晚餐吃下來，不知偷偷地深呼吸了幾次。銀亮咖啡壺身，似面鏡，照著她的臉，拉長變形著，像荒謬劇的演員。

亞芬打了兩次電話給振心，沒接。「沒關係，他離開公司前，有聽他說是要去阿粉餐廳應酬，我們吃完載妳去找他。」大他們四歲的幻碧，一下子覺得自己像迷路小孩似的無助。

來到阿粉餐廳時，在車內幻碧一眼就見到正好出來打哈哈的林振心，心頭一緊。「我去叫他過來。」亞芬去了，像磨蹭好久才願意走來的林振心，出現在後照鏡。幻碧打開車門迎上去，「嗨，好久不見。」林振心說著。幻碧發著抖，喉頭被掐住了，恨自己沒用。「忘了告訴妳今晚有重要的客戶要來。妳今晚住哪，我再去找妳。」……「我沒地方住。」「怎麼會這樣子呢？妳不是出差嗎？」……「我去住你那裡。」……林振心推揉眼鏡內的眼睛。「不行……，我快要結婚了。」「怎麼會……突然想結婚呢？」「年紀到了啊。」他看看錶，「不能讓客人等太久，妳住哪，我再去找妳。」她知道應酬沒完沒了，他不會去找她。「我們以後這輩子都不會再見面了。」他仍看著錶，「嗯，……，可是今晚的客人很重要。」「阿碧姐明天就走了。」後面的小開幫著忙開腔說道，連他都無法想像振心會比較看重客戶的想法。

「我住你那裡，只是要和你說說話。……什麼也不做的。」「我一個人住工廠，別人會說閒話，這很為難。」「那你現在先離開飯局一下，我不會耽擱你太久。」林振心望望餐廳再看看她，不言不語，轉進餐廳，那一刻幻碧覺得被判了死刑，不敢去瞧其他的人。片刻，振心倒又出現，「上車吧。」一路他倒是高興地和亞芬瞎聊。幻碧在前座無語，心想一肚子的話到了振心住的地方，只剩兩人再好好地說。結果振心的意思是到他母親住的地方，也就是幻碧先前落腳處。

林振心手勢一揮，做了個請坐的商場動作，幻碧只覺被刺了一下。坐在氣派的皮沙發，兩人分坐一頭，電視被他開得老大，隔好一會，林振心打破沉默，「妳要說什麼，說吧。」幻碧來不及深呼吸，淚就掉了，她受不了期待的一一幻滅。隔了些晌，話還是吐不出來。遂穿起外套，往門走，林振心也跟出。「好吧，邊走邊說。」走了好些路了，路燈打在溼地上，迷離著。

「爲什麼想結婚了？」幻碧說。「想法會變的，我現在跟妳說，搞不好明天又不一樣了。妳不必相信我的話。結婚只是過另一種生活。」「既然要結婚，爲什麼沒考慮過我？」爲了尊嚴，她又補充說只是打個比方來說。

「以前年輕啊，過去就過去了。」「那你怎會和她結婚呢？」「有些事還沒過去啊。」幻碧要逼視眞正的現實了，她卻無法正眼去瞧。她倒吸一口氣，把最後的籌碼用上。「我會來還有個原因是，前陣子生重病，我就在想病危時最想看到誰，結果是你。」她的音調說到是你時，幾乎是哽住了。

「妳太沉溺了，讓我有走不出來的感覺。」林振心握拳說著。

「我走出來了，不然不會這麼久沒和你聯絡。」她辯解自己，林振心搖頭。

「你眞的不願意坐下來和我好好談。」幻碧覺得有滿坑滿谷的相思可訴。

「走著說和坐著談有差別嗎？何況妳的心情我並不想知道，妳的問題我也不想回答。」

空氣凍結了好久，幻碧恨自己還能呼吸。她囁嚅怯怯地說：「你有想過我嗎？」

「這重要嗎？……我就是想一個人時，也不一定要和她見面。」換幻碧看錶了，她想再不走，還有顏面嗎。自己逕自快步走，「要走別在這裡走，很危險。」他追上她，近乎惡形惡氣的，轉身走到屋裡，叫亞芬出來載他們。

「這時候早沒火車了。」亞芬同情地說著。「她有東西放在火車站。」林振心代幻碧謊答。火車站裡流浪旅人已在蓋著紙板或破棉被，孤獨感像飢餓般的每日都來報到。林振心望著車站的旅社說：「妳就先找個旅社住一晚吧。」「你還要見我嗎？」「見那麼多次幹嘛。」幻碧挨了一刀，無語地痛著。「我真得出來太久了，我要走了。」然後他逕自喚亞芬送他去餐廳。幻碧第一次明瞭什麼叫做「氣數已盡」。

「他怎麼能這樣就走，他怎麼做到的。」幻碧坐在藍塑膠椅上，頭趴在兩膝間，淚咚咚似雨。不久一隻手輕搭在她的肩，「林振心。」她叫著，是亞芬。「家裡有空房，妳到我們家睡吧，明天我再叫小哥載妳去玩。」幻碧先是不依，但這時車站的燈已一一滅去，她遂無力點頭。

又回到了別墅。這時振心的媽媽已然坐在客廳了，她是當地的女強人，沐浴後線條十分柔和。幻碧念書時見過她一次，不過她不記得了。「歡迎歡迎，振心的同學是吧。」幻碧坐在客廳和她側望，把玩著擱在桌上的酒瓶。「要不要來一點。」振心的母親說道，要幻碧自行倒一杯。

不知怎的，那晚林媽媽見了幻碧很能聊。幻碧見牆上有一些感謝狀，是林媽媽幾番捐錢給孤兒院的事跡表揚。「我對孤兒院特別有感覺，以前先生跟別的女人跑時，留下現在的工廠，一屁股的債務，我每天見到太陽升起就躲在棉被裡哭，哭著說天爲什麼要亮，一大堆人就要來要債了，我想我的孩子不知哪一天會被送到孤兒院去。」如今她滿意地看看這個偌大豪華的屋子，爬到這個女強人的位置，都不知道是怎麼走上來的。「我是中庸之人，所以必須靠痛苦換取經驗，愚癡的人是痛苦還成不了經驗。最好是做個聰明的人，看著別人的經驗就能了悟，都不需要痛苦。」幻碧聽了，心想那自己豈不是個愚癡者。

「振心要結婚了，妳知道吧。」幻碧點頭，天啊，這是今天第幾次聽到的惡訊。

「再過幾年就可以把林氏企業交給振心了。等著抱孫子。」林母醉陶陶地說著。幻碧一聽抱孫子，心頭大驚，大學時和振心同居，暑假各自歸營時，她懷孕，糊裡糊塗就嚇壞了，也未告知他就在小圓環附近給離棄了。開學一直沒去說它，久了就更不好說了。

「妳還沒結婚吧？」幻碧聽了難過地搖頭，心想本來是要嫁給妳兒子的，心情一下子陰霾四起。「我是比較保守，覺得兩個人在一起，結婚還是比較好，像鈴鐺一樣，兩個靠在一起叮咚響著，就不寂寞了。」幻碧想要靠在一起，也得兩個都願意才行。「我是個失敗的例子，我希望我的兒女不要有我的陰影。」這不是希不希望的問題，幻碧又落了淚。林媽媽倒有些不解，想這個女孩子倒是個情感豐富的人，聽別人的故事都會掉淚。

「難道妳這一輩子除了感情以外，沒有別的事可做嗎？這是當年幫助我走出陰影的一句話，每次陷在感情泥淖，我就趕緊回想我生命其他該做的事。」林媽媽說。

然後她拿睡衣給她，帶她上樓。「這房間是以後要給振心來我這裡時當客房用的，妳就先睡這裡好了，要用的東西都在架子上。」說完她微醺唱著白光的「我等著你回來　我等著你回來」的歌熄了燈回了房。而不知何時，亞芬和小開也早已回房入睡了。

幻碧看著這個自己曾經幻想過的房間，想著未來是另一個人躺在振心旁邊，她趴在床邊簌簌地哭著。那一晚，她有死在他們房間的衝動。「讓我的血染紅你們的床。」念頭一起，她忙甩甩頭，拋卻，痛苦都不能成爲經驗，愚癡愚癡，她敲敲頭。

「難道妳這一輩子除了感情以外，沒有別的事可做嗎？」這句話再度在她心頭響起。

徹夜輾轉難眠，眼睛哭腫似桃，天色還沉滯未開，幻碧便如貓似地躡手躡腳下樓，留了謝謝他們讓她暫宿一夜的字條。然後套了鞋，看著院子裡新生的綠草，暗自地想下個月九號，這裡就要大開禮車，鞭炮四起地迎新女主人了，屆時她會在哪裡呢？「下個月九號……不就是我的生日嗎？」她想林振心早忘了她的生日，要不就是故意選那一天，兩者皆是悲哀的答案啊，她抹去眼角的淚想。

回望了昨晚和林振心走過的溼地，晨霧散著，雨仍在落，這回她沒撐傘，更不去顧什麼頭髮不頭髮，她踉踉蹌蹌地急步逃離這塊非她所屬之地。

她茫茫然地只是走著，不停地走著，天光漸亮。

腦子裡盛滿一幕幕林振心生冷的影像，她試圖洗帶，但只能從頭洗去，於是她只好前前後後把這一齣變調的戲再次看完。看著她在這個由愛生恨的時間長河，自己幾度翻騰、滅頂的痛苦扭曲模樣，「自己怎會變成這個樣子呢？」她摸著胸口感到一陣悶痛。

那天她離開林家後，四處遊蕩，像個幽靈。她一時之間還無法回台北那個冷冰冰的屋子去獨自面對自己。於是她想去海邊，就是在那個時候她發現一直深情注目她的這個小生命，一隻有著黑棕色長絨毛大狗的他。

在她坐下來大哭的剎那，她摸著溼冷的心，由於徹底地嚎哭，她有種解放之感，結滿心上的石子似也抖落了不少。

不遠處，有燈火在雨中飄搖，是一座寺院。他在前頭領著她走，且不時回望她。他見到寺裡的師父飛奔地迎上，吠了幾聲，十足的熱情，師父彎身溫柔地撫著。「嗡啊吽可是只帶有緣人喔。」幻碧靦腆笑著，心想他的名字眞怪，什麼甕啊轟的。「餓了吧，廚房有東西吃。自己來喔。」

入晚，她坐在半山腰的大殿中庭，他靠攏著她，像是一個情人似的，在清夜雨後。她把賞著他脖子上的小鐘，才發現鐘面刻著「嗡嘛呢唄咪吽」。她看著他，慢慢的才體會出何以長長的八年後，結果是施小姐入主了林家，「也許這是她的因緣吧。」幻碧怔怔地想。就好比林振心不也成就了她和「嗡啊吽」的緣嗎，然後這個緣又把她牽來了這個靠海之寺。

「山下是碧麗轉眼幻化的滅絕之境啊。」她喃喃道著。

正端著茶盤到中庭的師父聞言微微一笑。得知她叫「幻碧」，說著「妳這個名字跟著妳二十多年，到今天才點醒妳啊。這叫做因緣說法。」師父續道，「愛情就像刀口上的蜂蜜。」幻碧深深將此語植入了心體會著，許是這山中無日月的寧靜感降伏了她，她感到自己正從原本快要滅頂的記憶之河裡漸漸泅泳而出，因緣而渡。渡過沉重的記憶之河，人才開始有了點自在起來。

「師父，你落髮的那一刻感覺是什麼？」她問。

「清涼。」師父摸摸頭，慈藹說著。

「清涼！清涼！……」幻碧再三重複低語，感到一股花香襲來，抬頭望著露凝滿枝的光華之夜。

「師父，我也要清涼。」幻碧說，雨夜後的烏雲正在散去。師父聞此言，笑而不答。

「師父你說呢。」幻碧又央著問。「我剛剛不是說了嗎。」「因緣。」幻碧笑說，師父點點頭。

山風飄拂，「嗡啊吽」的鈴鐺細細漾著，但卻已如洪鐘般直貫著幻碧的耳朵，淘淘訴著幻滅幾許。

妳說的我都記得

只是不再寫日記後，
腦子裡的記憶體反而愈來愈龐大了，
想忘的事愈發忘不了……

1990年寫畢。

阿意是班上出名無聲音的人，小孩子幾無聲音，意味著不是有自閉就是有著複雜的性格，而她好像都不是，好像是爲了塑造一種風格，「我知道我的沉默是一種風格，我不知道那個年紀爲何就需要個人風格。」她後來追憶道。小孩子冷眼總是不討喜的，但很奇怪的是除了她母親以外，彷彿每個人都在各自立足的角落凝視著她。她一回頭，他們就悄然闔上眼皮。一轉身，那晶亮亮的眸子又在她的背後悸動著。

她鎮日和阿思沿著鐵軌走，阿思問：「如果火車出軌會怎麼樣？」「很好呀，至少有驚奇產生。」阿意答。阿思聽了點頭笑說：「我媽媽有一天一定會給我驚奇的，妳呢？」阿意望著迤長至天邊的軌道，心想：「小毛的出走應該是爲了一種不可捉摸的意念，我的驚奇也不可捉摸，我怎能回答她呢。」小毛是阿意十歲時養的一隻善獸，一個稻浪翻飛的天裡，緩而不疑地順著村外走。微溼的泥地留下牠似餅乾的腳印。隔日她和阿思順著牠的足跡走，一直到山入口處便不復追尋。一種隱含天意的雨適時降下，兜溜在野生的芋葉，水珠子在葉的兩端盪過來盪過去，「我們就是水珠子。」阿意說。

「妳去給她們家做女兒好了。」每當阿意說要去阿思家時，這是她母親總有的反應。當時阿意覺得阿思的母親像是一種會飛五千哩去抓烏賊給小孩吃的信天翁，美得像是一種福分。但和她無緣。

阿意一直記得新生報到的第一天，很多小孩的獸爪緊抓著教室的牆柱或窗櫺，哭著不進教室。只見阿思撲通一聲就往凳子一坐，那凳子七橫八豎地被攤開，像懾於她的氣勢似地服貼著她的身子。而那一刻阿意既還沒進教室也未抓著任何外物，看到阿思頓然覺得學校的日子可能不至於太壞。

後來她們去遊蕩時，提起那一天，阿思說是她媽媽送她去報到的，可是到校見了黑壓壓一群人，只遞給她愛吃的蔥頭麵包和摸她一下頭就走了。「妳怎麼一個人到學校？」阿意掏出皺巴巴的一張紙張揚著說：「紙陪我來的。」那紙是她小哥用蠟筆畫的學校地圖，並把吳意意三個字寫得有棋盤之大，「妳在這排教室的牆上對照著找這三個字，找到這三個字，就進教室坐著等老師來。」她小哥向她這般說。「當時一堆大人擠在牆上遮去了字，我是看到阿思才決定留在那一班不走的，大人散去，白紙上果然有那三個字在召喚。」阿意回憶。

當時阿意一直著紅洋裝上學，直到秋收，她母親才給她買了制服。但後來這個做母親的無論如何也不肯買學校規定體育課要穿的運動服，「都還是猴囝嘛，名堂不要給他們太多，有制服穿就很讚了。」自此阿意對體育課永遠有一種懼怕。影響所及是往後一切在戶外展現身體語言的活動，對她都是一種畏懼。很長的時間才走出來。也差不多是這近十年的事而已。

關於衣服，有次阿意被學校選上跳民族舞蹈，說詞是看伊面目清秀，扮相佳。母親卻不給跳，因要花錢買舞衣，遂讓給了阿思。阿意每次下課就倚著欄杆看阿思在操場舞著彩帶，托著圓盤轉身的腰，就像看到一個過大的宮女在勉力討好著皇上。

蝌蚪，阿意記得蝌蚪的長相，卻不記得青蛙的面貌，蝌蚪像要高飛的氣球，脹滿蛻變的希望，一天天長大。

阿思最討厭蝌蚪了，她說只要長著一團黑的東西她都不愛，管牠飛不飛。那時節電視台正播著一部卡通，大約叫小青蛙之類的名字，她們每天固定攜著板凳到文具行向電視報到。阿思每次聽著小青蛙女朋友嗲嗲的聲音就說：「當女朋友，應該要有她這種甜度。」阿意聽了十分詫異，總覺阿思不是那種會做人家女朋友的人，何況還要高難度的甜美。

有次太匆促了，大約臉上還沾著飯粒，一跨門檻，就踢翻正在燒的滾燙洗澡水，雙腳燙得像小青蛙女朋友頭上蝴蝶結般的粉紅色，阿意正巧在暮色下於籬笆邊等著阿思，見到燙著的阿思竟一點也不尖嗔地哀叫，反倒像是旁人看戲的神情。

後來的幾天阿意還是拎了兩張板凳去看小青蛙，那是天花板上壁虎最多的時節，有次一兩隻嬉戲的壁虎掉了一隻在一個捧著碗的小孩身上，小孩哭得震天價響，被文具店老闆娘嫌吵拎了出去。她想要是壁虎落在阿思碗上，準是沒好下場，嚇不著她的。阿思傷好了，再來看電視時，小青蛙剛好在前一晚播畢，害她難過了好久。

爲此阿意便陪阿思去田裡看蓮花上停落的小青蛙，兩人坐看一陣，也不知道數到第幾隻青蛙的第幾條腿了，終於盹著，夢裡依稀是青蛙撲通撲通跳來爭去的影子。阿思說：「眞實的青蛙眞是醜呆了。」

那時候最能自給自足的零食是偷摘芭樂。有次阿意在阿思房門外等她同去摘芭樂，等了半天，她才緩緩出來說著：「我媽媽幫我買那種有蝴蝶的內褲眞是難穿死了。」「內褲怎麼會有蝴蝶？」「唉，不是內褲有蝴蝶啦，是繡有一隻蝴蝶，可是那蝴蝶好怪，左看右看倒著看都像正面啊，我媽媽說看著正面套進去就對了，結果三個洞都試過了才試到正面。」阿意聽了大笑。

在等阿思時，阿意曾見阿思的媽媽溫柔地在窗口亮光處鈎著毛線，有時望見阿意會淺笑說：「阿意好乖，進來坐啊。」她手裡的毛線永遠只有藍白兩色，像雲，似水。不若阿意的母親每次都提醒兼威嚇地說道：「水哪有用，同款歹命，以後妳可別像她一樣才好，不然苦吃不完囉。」

十八歲之後，「日記本」成了一種塵封名詞。某次有個大學同學問阿意寫不寫日記，她搖頭。「那你呢？」她反問。「寫啊，總覺得寫過了有贖罪的感覺。」「笨啊，想忘掉都來不及了，還記下來。」阿意說。不知當時怎會有想忘掉一切美好與不美好的念頭。

小火車當時對阿意的意義是吃，每天一截甘蔗的誘惑。她不記得那名司機的長相，但一直記得他的手。那手有一種溫度，她從未體驗過的一種。像剛從鐵板拿下來的成形麥芽糖人，熱度離了板心的剎那，經涼風兒給那麼一吹，溫度恰恰好入口，輕滑柔情的滋味。

司機遞給她甘蔗時，手心會善意地回應著她；這時阿思總是看窗，車速把她的側臉削成一座有稜有角文風不動的小山，直到下一站。

她們沿著鐵軌往回程的路上走，滿園的蔗田像一字排開抖動的袖子舞，葉襬撩人。她們總把甘蔗渣吐在泥地上，還以爲過不久，泥地會長出新的甘蔗來。「這樣妳就不用拿他的甘庶了。」阿思說。

而阿意卻在想村裡有個老小姐，母親幫她作媒，見面的地點就在阿意家廳房。出簾子前，母親千叮萬囑老小姐別吃男方帶來的任何東西，尤其是甘蔗、西瓜。「查某囡吐渣吐籽最難看了。」母親說。阿意在簾後看到那老小姐一出了簾子就把眼珠子盯在那一大袋甘蔗，心想完了，果眞就見老小姐按捺不住地拿了一根大啃著。

老小姐，這麼多年過去了，於是還是個老小姐。

當時鄉下可不興切好水果遞給人的，阿意想，如果是她也會吃它幾根的吧，吃，當時對她是擺脫不了的慾念。

這個老小姐就是阿意的屘姨，後來曾有人替她說媒，嫁給一個白癡，她抵死不從，自此老小姐成了封號和活教材，有一年老小姐突然拉著阿意說：「長大要趁年輕嫁出去，知道嗎，別像我，給人家笑，記得相親時，別吃甘蔗。」當時她聽了竟知曉地難過著，再憶起兒時簾幕後看到的那一幕，她心想要是那男的便娶了老小姐豈不甚好，一枝甘蔗可以剝奪婚事，阿意實在難以釋懷。

後來，阿意常夢見一隻手，無端地在她的胸部遊走，從平面摸到立體，那隻手的姿態和溫度都沒有變過。她因想像的浸淫而滿足。

而阿思是無論如何再也不肯上那列小火車了。於是她們到了一個蠻荒海邊，那個年頭每個小孩都想去但最易被禁足的地方。

小裙子常兜滿沙和貝殼，有次還把口袋給撐破了，阿意母親氣得直罵伊討債鬼。她把海上漂來的無名小鞋子拎回家，心想總該受到些讚美了吧，不意竟是被母親虎虎生風地甩了個耳光過來，「死囡，給我撿這些死囝鞋，眞是不吉利。」她終於認清，取悅其母親是天底下最難的事。

蠻荒還是出現了男人的手，一個漁人。但她不記得他的手，卻記得他手裡拿的長矛樣子。

亮晃晃的，像其母親終年掏著數的銅板，錢可以博母親一笑。

「妳的慈悲是沒有根的，如果妳不能擺脫母親的陰影。」阿思曾這樣數落過阿意。

那長矛會貫穿吃餌的海獸，漁人烹燒，煙塵在滾滾海邊升起杳去，那縷縷白煙像阿意爺爺臨終床前出現的白馬。

阿思吃完一串燒烤就跑掉了，阿意在後面跟著，仍戀戀回望白煙。想起好命的爺爺，連死了都有白馬如煙，奔來作伴。

生物課，在顯微鏡下，阿意看著細胞，呈半月形、兩兩成對膩在一起的保衛細胞，她指給阿思看，說：「這是妳和我。」

長大再去回想那個鏡頭下呈半月形開口的細胞畫面，卻像她們岔開雙腿給婦科醫生用冰冷鋼具撐開的下體，游移不確定，孳影重重。

「不能遷移者藉演化和適應來變更其生活方式。」阿意背著生物課本給阿思聽。

「雁在家鄉的凍原地帶沒有白天沒有食物，時間一到就要越冬飛走。」換課本在阿思手上，考阿意問題：「雁爲何要南飛？」她答：「時間到了啊。」阿思搖頭說不對，是本能不是時間的關係，「是一種永不疲倦的遷徙本能。」阿思說。阿意遂搶課本看，惱說：「根本沒這個問題嘛。」

「花、果實和種子的機能主要是繁衍後代，稱爲生殖器官。」她們在滿園勞動女人的開花田圃裡背誦課本。眼望著花花世界的生殖行爲。

「植物是生產者動物是消費者細菌是分解者。植物是生產者動物是……」午後她們像廟前道士嚶嗡喃語的只爲了考試，水泥地上被她們塗鴉了滿滿的食物鏈圖：阿意、阿思、母親的箭頭連線交錯，就像蜻蜓捕蝶蝶採蜜，蛙捕蜻蜓蛇捕蛙……在地上胡亂地畫著宿命的網絡。

上課做實驗。發下一張白紙。對望記錄：吐舌，兩個都不會捲舌，沮喪，因爲少了一樣表演才華。翻開劉海，都有美人尖，竊笑，可以扮古裝美人。拇指，阿思不會彎曲，阿意會。耳朵，阿意緊貼阿思分離，未料阿思說：「討厭分離兩個字。」眼瞼，有皺摺叫雙眼皮。兩人都有，不特別高興，大概不喜歡皺摺。

有時候她們則選擇沉默。沉默就是沉默，不是金。

像深海洞穴裡的無眼甲蟲，讓課本覆在眼上，時間停擺。

第一次坐在腳踏車的後座。讓身影穿過日出日落的防風林，檳榔樹，她們有初次談了場戀愛的感覺。

阿意喜歡看阿思踩著踏板的腳，長而實，飽滿奕奕。常常阿思身上有兩種迥異的味道飄來，清晨像露草，入晚像桂花蒸。有時會在後座故意扭跳幾下，只見她的身體重心也隨著擺動，有種臨風不落險的好看俠氣。「喂，妳的屁股安分點，行嗎。」阿思的聲音被風吃去了一半。「什麼？」阿意問，阿思又側著臉說了一次。阿意右手頑皮地繞過來掐了阿思的膀子。「妳挨妳母親的掐捏還不夠，是吧。」當阿思說起母親這字時，果眞對阿意起了點阻嚇作用。

有了腳踏車像多了雙飛毛腿。

每樣事做起來都中氣十足著。連吃個攤子，都見阿思大剌剌地在車未停好時便扯嗓喚著：「老闆，肉圓兩碗。」好像要讓所有食客聽聲回頭看這輛腳踏車似的。

阿意延續偷芭樂的精神，開始偷母親錢袋內的錢，錢的大宗全花到了看戲和吃。吃，仍在記憶和實質裡喚著她們的身體。

吃了許多，阿意依然瘦小，「瘦田會吸水。」母親說。而阿思則已高過她一個頭了。

紀念冊的大頭照，阿意緊抿著雙唇，神色有股倔。一旁的阿思，露齒而笑，她當時很訝異阿思可以對著一個機器笑。

兩人在有了相機後，拍過一些相片，朦朧不清的，卻唯有一張突兀著清晰。那是她們在公路上，阿意對著阿思做了一個再也不復返的一種鬼臉樣子，她按下了快門。那照片很怪，好像那鬼臉是別人幫阿意在臉上強拉出來的，事後再也學不來那個模樣，「這是我嗎？」那一剎那，她想到了什麼？「原來我可以不是我。」

做鬼臉那天，阿意穿了件紅黑格子外套，腳穿米灰色麵包鞋。冬天，短髮揚得好高，嘴巴因扯得極大而呈針葉狀，連帶地鼻頭也被拉平顯得扁了，眼睛瞇成一條縫。

阿意想阿思一定不記得這張彼此都臨時起意的照片，因在沖洗店時被阿意先照見，一把搶過。她見阿意少有的激動而想笑，遂瞥了一眼照片說：「好可愛呀，像隻剛被解放生出的幼獸臉，我喜歡。」但阿意還是執意送她較美的照片。

暑假去小鎮打工，一家罐頭工廠。空間默默地只聞刀和切板的霍霍聲迴盪在四周，魚腥味散著腐朽，眼珠子被丟了滿滿一籃一籃。第一天她們兩被工頭派去切魚頭，阿思切了半天魚頭，骨還是連著肉，工頭也跟著搖頭了半天。第二天她們被派去切蒜頭，在一扇窗光被搖頭大風扇弄得線條迷離的空間裡，被蒜激得淚流滿面。

「我即便要把一生的淚流盡，也不願把淚流在無謂的這裡。」阿意丟下菜刀說。於是她們白做了兩天的傻工，騎著遠路，發麻的雙腳像待宰的魚，軟弱而無可奈何地只是呆愣著，連掙扎的力氣都沒有。

出了鐵皮屋，鞋子沾過的血水，滿手的蒜味，浸滿在那年夏天的幻影裡。

記得那年阿意老是做一個奇怪的夢，家裡盛米的木桶永遠是滿著，尿水溢出，攀沿著每一根木樑，騷味濃濃，她在水中漂浮漂載。

阿思說她是夢見每天在散步，像盲人般地遲遲走著。「失落了眼睛。」她說。

無論如何，那年頭的打工絕對都是苦力，而在小村裡若向別人說她們做的是苦力，村民會嘿嘿諷刺地笑說：「沒一隻公雞力，也猜想出去呷頭路，女孩子還是在家做做飯，燒燒水吧。」至少阿意的母親會笑得最大聲，而阿思老爹則理直氣壯地說：「我有讓妳餓著嗎？幹嘛去給別人做工當奴才。」

暑假，像愛情，妳永遠渴望它來臨，可是來了發覺日子還是一式的款樣，除非本體能乘願大改，否則只是一種時序的替換罷了。

一天天老去的身軀，在高中的暑假已風聲鶴唳著。

從奔放的腳踏車到擠身在公路局的車子上，再束縛不過了。只聽司機不斷地吆喝：「妳們這些念女中的都是木頭人啊，不會往後走嗎？」邊罵手還邊過來推她們，但從不見車掌罵中學的男生。阿思有時會故意甩書包時甩到男學生的臉上，把同學頭上戴的帽子給甩歪了，然後再一把拉起阿意往後擠。阿意當時於是知道，女生如果要打拟，戰力不下於男生。

坐公車時，念中學的小學同學朱大耳，每天都會同車。「豬大耳上來看妳了，有勇無謀。」阿思用臂膀隱隱撞著她。

其實朱大耳滿帥的，一對大耳朵，似軟綿無波的海床。但因被講開了，就成了彼此罣礙的鴻溝。那段坐公車的記憶竟被一個此生再無交集的人塡滿，倒也是世事映照的一面。

朱大耳的出現，將一個埋藏的事實淡顯，「原來沒有阿思，我還是會過得好好的，活得下去的。」意念紛飛，隨緣攝誘，他人觸角，阿意才開始聞息碰撞。

當然，當年的日記本上多的是千篇一律日省而照犯的文章，明明很難過，被老師狠刮了一頓，還安慰自己說「忠言逆耳」嘛。

只是阿意不再寫日記後，腦子裡的記憶體反而愈來愈龐大了，想忘的事愈發忘不了。

於是她又順著記憶寫了下來。

就像雨，會隨著地心引力旋轉般，書寫是一種很自然的狀態。

今生就是把淚償還完，形體不也枯槁了嗎。高中打工切蒜時說的話，後來印證是錯的。阿意的形體在一次似意外又像天意的事件裡得到釋然，竟是用其母親生病換來的，寬容和慈悲的根靠的是「業」的成全，而非是自發性的體認。

阿意試著在鏡子前張望自己，搬弄鬼臉，「沒那麼困難，對於自己和自己的和諧相處，可以無過去，無未來，更無功過來論人。只有活在此時此刻。」青春的同性之愛，早已成了她心口的往事了。

誰在回家的路上

但我知道我到家了。
這個小島特有的雨霉味，
已經開始飛進我的每一縷肌膚、每一寸神經了。

1997年寫畢。

我不知道我在寫什麼，我也不知道爲何手上會有稿紙，這稿紙泛著陳年的溼味；飛機上，經濟餐土灰的菜色擱在一旁，我潦草地寫了一些字眼，帶點流行自憐的成分，我覺得這樣才合乎回到台北的氣味。

我想起我是坐在頭等艙裡，當我瞥見鄰座的豪華餐後，他晃著杯上醇然晶亮的酒色，氣味稍稍盪了過來。我忘了是怎麼被丟進這個位置的，我只記得好像是起身走在往廁所的通道上，突然黑雲一大片地壓了過來，然後我就坐在這裡了，醒來時，有張印第安混血面孔的空中少爺，正對著我的臉孔張望著。見我張開眼，向我眨了眨眼睛，要我就坐在這裡，比較舒服，透氣。我想我的臉色大概很像是豪華餐裡的鵝肝醬吧。我暈了過去，我只記得陡然有一大片黑雲，籠罩下來，最末的幾聲音響是灰澀低沈的，依稀是爸爸常年蹲在門檻用葉子吹彈的小調，雷聲在不遠處彈著。

飛機在飛著，所以我也在飛，我又開始自言自語了。隔壁的臭襪子酸霉味很重，我想我該回經濟艙了。才動了一下，那印第安混血空中少爺竟奔過來說著，坐下坐下，休息休息。我又坐了下來，不過不是因爲混血印第安空中少爺的話。而是我在機窗外看到一隻烏黑油亮、俯衝時發出似螺旋槳的那種大頭蒼蠅在敲撞著緊閉的窗。緊接著看到紅色授予天地的熊熊之焰，啄食腐爛垃圾的大鳥，壓壓成雲塊，牠們的背後有很多隻眼睛，冷冷茫茫。

炙熱，肉味，蒼蠅正要從敞開的雞屁股侵入挖空的內裡時，一隻皺紋有斑的手揮打了進來，揮趕著蒼蠅，也順手賞了站在一旁發愣的小女孩一個大巴掌。小女孩因而晃了晃身子，要哀嚎起來了，卻瞬間把淚急速冷凍。

那是母親的手，我知道。但我不知道那蒼蠅會是誰，是爸爸嗎？機窗外其實除了大朵大朵的白雲外，什麼也沒有。

我就要回家了。

我對家鄉所記得的只是斑白牆上掛著一幀發黃的父親遺照，還有鎮日在豔陽裡叫喊的燒酒螺，那個喜歡母親的外省人。一種如盛夏噪蟬的映畫感。我對父親的記憶像是一份菜單，一份必須日日背誦的菜單。

每當紅紅夕陽降溫成藍色時，我必須去買父親一天的用度：長壽菸，檳榔，保力達B加米酒，或是蔘茸、紅露什麼的。捏著一張皺巴巴的紙鈔，踏實地握著，直到那氣味酸蝕到了掌心。然而，父親就是這樣喝到掛掉的，肝是硬如盔甲。肝，大啖鵝肝的鄰座商人；我眞的想回經濟艙了。一抬眼，那印第安混血空中少爺又投來關切微笑。於是我把經濟餐的餐盒蓋了起來，那灰黃色調勾起我一些過往的記憶。當年打點父親物品的路上，我必須經過隔壁班男孩的家，我一直記得那男孩，菜黃的臉上睜得大大的眼睛。長大後，我在台北一家旅館碰到他，菜黃的臉上掛著副眼鏡，身長拉拔得很高。

那像是一種尋找天堂的表情，我見他時想。

旅館總讓我想到女鬼什麼的幽幽深深。而那也的確是個奇怪的樓。正面看起來像是荒廢的，後面又像是打了個饗嗝般地在略傾中釋著隔夜的溼氣味。而兩旁是比那旅館高的大樓，因此旅館像是一個小朋友被兩個大人架起來的模樣。它有點像是我的處境。

我每天從寫著「亞」「弟」的自動玻璃門中進出，早晨幫母親的結拜姊妹看店常常是盹著了，下午才換慵懶姍姍的阿姨一邊修著指甲一邊守著櫃檯。「Only One！」我喚那男孩。我忘了他的名字，只記得他的綽號，應該是姓什麼王之類的。

他那天在賣漢堡，我站在亞弟玻璃門之間看了他的樣子好一會吧，我不懂像他這樣的人，我怎麼會把他記得那樣牢，甚至在一種嫌棄下。當他轉頭時，他倒是完整地喊出我的名字，並連說了三聲想不到。「嗨，張湘琦！」我想我頭髮已然蓄長，且有一臉的世故。但我還是矯情地作態驚嚇了一下。Only One靦腆地遞給我一個漢堡，之後，他啓動發財車，說是要趕到台大側門了。他看看錶，望望天色，又覷覷我，扭動引擎，「加油，大學生。」他回過頭丟了這句話。我在漢堡生洋蔥的嗆鼻中望著他，天邊的彈聲正巧彈了下來，我臉上有一道光，然後是豆大的雨。

遇見Only One的那天正是大學放榜，終於考上的我，可以不必再住到母親所託付的旅館內了。

那夜雨停了，我和補習班同學林彥澄相約去看電影。及至看電影的人都進場了，我還在戲院門口等著。老遠地見到他那樣子走來；繞過了三棵路樹，並在穿越安全島時，跑了起來。到達我的面前後，他伸出了手，我卻本能地後退了一些，但還是讓他握住了手。很急卻又維持他一貫有氣無力般的聲調說：「結束了嗎？」

我只搖搖頭地說：「才要開始呢。」

結果是和林彥澄纏了四年，才告結束。四年，竟沒有手握著熱燙漢堡的那一刻來得刻骨銘心。「沒有理由，」他說，「妳該努力的不在這個上頭。」「也許吧，」我回答，「但給我一點例外。」這是和當兵的林彥澄最後的一段對話。我出國了，嚷著要畫畫，大家都以爲我瘋了。沒有祝福。母親來信抱怨說，家裡她買的十二人長桌子，只有她一個人坐著吃飯，沒有客人，沒有客人光臨的長桌。「妳趕快回來。」她說。

夜裡，我夢見母親三次，一次在吹著細雪的垃圾堆上，一次在一種掙扎的過程，她從眼前飄去。一次只有聲音，吹泡泡之類的，窸碎低語。醒來時，還處在夢中進退不得的狀況，偏頭見了窗外白雪皚皚。天氣突然大壞，收音機說情況已經不能再壞了，二十二吋大雪，曼哈頓男子鏟雪時死亡。「各地的土撥鼠都看到了自己的影子，這意味著春天還遠著呢。」紐約時報說。我不懂爲什麼土撥鼠被人們從溫暖的樹窩裡拖到雪地上來張望自己的影子呢？

所幸我還是可以待在被窩裡，窗外踏雪而過的人急著貯糧備寒，我還是懶懶地過日子。

我知道母親會老遠打電話來叫醒我生活。

但這通電話卻是等到了夏天才來。「台灣颱大颱風啊，家裡的屋頂被吹垮了，門也毀了，妳的情書啊，信啊，全飄走了。」像是來自千年的訊息，我無言以對。異地，「過去」輕了起來，我在電話裡淡淡笑了笑。母親說她買的那個西洋長桌實在太空蕩了。「沒有客人光臨的長桌。」我心想，然後我在學校的油畫課裡畫了一個裸女躺在長桌上，旁邊都是眼睛和蠟燭。燒到末端的燭淚滴成了一隻隻蝴蝶。我看到蝶女們翩翩飛升到一個遙遠的地方，去嘗試做一個陌生人的感覺。我要脫離的是叫寮仔的小村，要從中脫逃的女人是叫月桃的女人。月姚母親老是喜歡執我的手流淚，讓我覺得腐敗。

「山鬼。」紐約地點轟轟藍光中，突然一念閃過我的腦際，是林彥澄曾說我讓他想到楚辭的山鬼。而我早已慵懶地忘記奮鬥了，畫裡盡是很多的陰影皺摺。

我想要爲母親那沒有客人光臨的長桌添點氣氛，於是打算提筆寫一封信安慰她。寫的樣子才剛擺了出來，一個男子就坐到了我的面前。坐下的力道幾乎要打翻我的咖啡杯。

「妳餓不餓？」他問。眼睛和聲音有一種魅惑的男性美，要不是他展現了對我的飢求，我會以爲他是玻璃圈內的人。

「我，很餓。」我指指心口說著，飢餓中透著一股厭蔑，奇怪的混沌之感。

「自有陰影以來，一直是飢餓的。」我又說，男子體會什麼似的，對我溫婉地笑一笑。於是我們去了下城一家義大利餐廳大啖著，我狼吞般地瓜分了大半的披薩，吃得手溼答答的，「這勾起我的性感。」他說。我聽了也被激發著，我知道我被因緣輪轉著，但我想探觸自己的極限。月桃母親不會懂的，林彥澄也不會懂的，他們只會因爲我表面的浪蕩而把我冠冕堂皇地遺棄了。

一進他家，我便被滿屋子小小精緻的模型給震住了，華美到一種未來世界的地步。「你是建築師？」他點頭，身體跟著欺壓過來。我其實很不習慣身體在一種飽脹下被撫摸進出，但我更不習慣在此情況說不。我像那些模型，精緻地等待著被毀滅。

清晨，我昏沉地蕩到地鐵，穿過聖馬可街，東村的日本人、黑人從低矮的黑洞裡，飄蕩出一票人來，黑黑白白，像母親的一只嫁妝：大同電視。

回到住處，頭痛欲裂，才發現頭部被撞出好多個包。那約是在他的低矮閣樓處忽站忽臥、半坐半伸時給恍惚撞上的。

後來，他又打了幾通電話問我餓不餓後，就失去了音訊。我當然知道這個老鷹和綿羊混合體的建築師還在第五街上，那是他住了十七年的地方，怎麼可能因我而棄。但我夠聰明。這個城市的遊戲規則，也正是我要的。

但接連幾天，我的下體出現從未有過的疼痛，連只是從我體內的液體張狂地要出入，都令我有一種難忍疼痛之感，炙熱灼燒。

我就要回家了。飛機上的雲朵忽黑忽白，閃逝如斯人。

母親說她有一回把長桌子搬到屋外，做了好幾道菜，結果還是只有她一個人在桌上進餐。村子留下來的幾乎沒牙齒了，可以走的都走了，「而妳走得最遠。」

「但我的心很近啊。」我說。

「中文聽起來眞是詭異。」當我掛上電話後，在旁邊覷聽的尼克這般說著。然後他高歌起杜蘭朵公主，像是要唱大戲的母親，我不禁因此聯想而大聲笑了起來。

一心一意要在大都會歌劇院演唱的他，聽了自是一把火，「等著，有一天我成名了，我會在台上說把杜蘭朵公主獻給一個東方女孩，因爲她的恥笑，我才能有今天。」我喜歡尼克解決問題的方式，簡單進入核心。

記得當晚去了「China Club」，撕票的幾個黑人就站在「中國俱樂部」旁，感覺竟是碧麗金華。跳舞喝啤酒，俱樂部卻只有我是亞洲臉孔，我沒去問爲什麼要命名中國俱樂部，就好像我從不問母親爲何我要喚作「張湘琦」般。我的命運寫在這小小的三個字上，但我的人卻是無名無姓的狀態，靈魂的密碼，我嗤之以鼻。杜蘭朵公主尼克後來去了邁阿密，但我知道他是唯一記得我的美洲人。他開始了馬戲團的生活，以逃避家族遺傳的宿命精神病。他每到一個城鎮會捎來一張明信片。好看的字，格式化的風景。回到家鄉，我會把它們一張張地貼在飾有琉璃的窗櫺上。

送走尼克的那天，我發愁地去了中央公園，仰躺地素描著那些蔓生遮天的大樹。身後一直傳來相機喀嚓喀嚓聲，我知道如果我轉頭，又是一場邂逅。但我沒有，我又開始飢餓中大量發酵著厭蔑氣息，甚至討厭起這個城市來。發狠地用筆橫豎橫豎地來來去去，把紙張都劃破了，筆力卯上了大石，軟硬夾攻，氣焰燎原。但聲音還是傳來，他向我索取一張素描，眼睛流露欣賞神采，令我無法拒絕。我去了他的攝影工作室。紐約晃蕩的氣氛，緊緊隨之擄掠著我。我方適應了強大的聚光燈，啪地，瞬間，全身便在黑暗裡泅泳。這個叫艾瑞克的人，一把把我抱起，彈跳式地敲著地板價響，我被放了下來，水聲厭厭地扯著喉嚨，熱氣頓時氳氤。密閉到只能容納兩人身軀的浴室空間，極限到和死亡相遇的一秒一分毫無差池，我溺斃了，混沌中，我似抓到一個漢堡，其實那只是一種飢餓的幻覺。

那一刻，我幾乎要否決我的，歷史，個人，存在。我不知道艾瑞克爲何有這樣的魅力，事實上，白日裡，他完全是個痞子。他用他的八張信用卡四處賒債度日。和我做完愛躺下的當時，他迸出的話是：「我破產了，我破產了，我要去宣告破產。」

我知道我又遇到一個有魅力但沒有生活能力的男人。他們甚至不知道我的名字叫做張湘琦。我爲什麼要去記得他們呢？只因爲母親，守寡的母親嗎？當然沒那麼戲劇性的，更何況我一向討厭戲劇。人人告訴我到紐約一定得看什麼戲，什麼百老匯、外外百老匯的，我全不關心。我只關心我的人在紐約這城市情人的體內和思維裡發生了什麼際遇作用。

時間的纜線，緊繫著我。艾瑞克莫名其妙消失的那天，我在布魯克林搭上了地鐵，車廂的燈突然壞了，暗暗地駛穿地道，我落了一顆淚，咚地滏在橘色的座椅上。兩個黑人盹著後，打了鼾聲忽忽欷欷得像夏天裡古墓的氣息。出了地鐵，我去買了份紐約時報，報紙上寫著土撥鼠不再看到自己的影子了，春天將在不遠。

而我卻才方方體會了影子和線條交歡的重疊張力。我記起初來美國被誘騙口交，後來卻迷上性的娑羅蜜，但她更喜歡我叫她莒哈絲，法國小說家莒哈絲是她的偶像。記起，我們蹲坐在華盛頓廣場時，她說著男人液體流過口腔食道的滋味。「哇！綺麗的是！」她忘情地用起日本母語的讚嘆詞。

「綺麗的是！」我跟著喃喃唸著，彷彿我也可以靠這言語來共參曼妙。

隔壁鄰座的商人，大口咬著一條酸漬黃瓜和舐著冰淇淋。我的飢餓感突然來挑釁。印第安混血空中少爺在我掌心放了一粒藥丸，做狀要我吞下。我的腦海裡還是盛滿意象紛紛，那該死的冰淇淋讓我不斷在消融狀態。黃瓜，我試圖在吞口水時，聯想別的。亞利桑那州，值得回想的地方？不管，我任性地繼續馳騁意識，浸在回憶的染缸裡。想起了張手張腳，奮力向上生長的仙人掌。西部，狂沙中，一輛灰狗巴士在一個小驛站停了下來。

一個就著風沙起處解手的男人，朝我眨了眼睛。午後零時零分的日頭開始偏斜。「交換學生？」他問。口氣像仙人掌的篤定神氣。他臉上的褐色雀斑卻讓我有一種放心感，像湯姆歷險記裡的湯姆。我搖頭。「漂亮。」我點頭，他指我，我指山色。風把我的蓬鬆鬈髮拉拔成高浪狀，似美國甜心，或是珍康萍電影裡頭喜歡詩的天使，我想。

「湯姆，你喜歡隨地鳥尿喲。」我嬉遊口氣地說著。他說我很頑皮，「鮮少見到亞洲女孩有幽默感的。」他續說著。灰狗巴士把我們載到山坳處的小鎮，然後繼續開往拉斯維加斯。我們兩個爲了便宜或什麼的莫名理由住了同一個房間。晚上去酒吧廝磨，樂團的每個團員長得俊俊的，酷酷地正在調音，我特別看上了那個鼓手。

但我還是非常專心地聽著湯姆說話。「以前我是個木匠，專門打地基蓋房子的，我已經在各國旅行一年半了，還是覺得自己的國家美。但我再也不打地基了。」喇叭手的音陡地堆高又崩解，比大漠孤煙西風瘦馬還見荒涼，眼前的湯姆臉上的雀斑突然長大不討喜了。

當晚，我們只是一直抽菸，一直喝酒。也許我的回歸，和湯姆有關吧，他說再也不打地基了，給了我震撼的力道。總之，我從亞利桑那州回來不久後，我就開始打包東西了。甚至，那棟樓的經理願意給我免費住呢，只是我已經知道世界上沒有免費得來的事吧。

就好像母親，她絕對不肯白白養我。

不知何時，我的餐盤早被收走了，我的眼睛和記憶體也乾澀欲裂。空服人員來回地穿梭，飛機正在下降。

溼冷的小島，幾許燈光。

「加油!甜心。」印第安混血空中少爺突然對我說。

我報以一笑。當下，語言沒了重量。

母親就在雜沓的人群裡，我已瞧見了，她像朵枯萎的月桃花，但猶翹首企盼明朝復明朝。

「夭壽啊，妳是怎麼對待自己的，怎這樣消瘦？」

「All history come back, again and again!」

我竟胡亂用英文回她，我想那印第安混血空中少爺給我的藥丸使我還沒清醒。

但我知道我到家了。

這個小島特有的雨霉味，已經開始飛進我的每一縷肌膚、每一寸神經了。

放狗出去

他痛得捂起耳朵來，
這一捂讓他的臉呈現扭曲驚嚇狀，
他發現自己的耳朵竟長尖了，像是狗耳朵似的……

2007年寫畢／2012年增補。

女人自從她的男人換新的媒體職場後，她的男人就被廣稱爲狗仔。她內心常感掙扎，只因爲男人的職業很「亞蘭倫」。

「亞蘭倫」這說法得有點年紀的人才聽得懂，明星亞蘭德倫的名字少了個德字故曰「缺德」。這和今天的什麼「欠扁」之類的說法如出一轍。她那有點年紀的男人突然在中年期被迫提早退休，於是男人只好以賣命的姿態轉往另一個新媒體。新媒體不要求品質只要求速度，既然這樣，他那天生訓練有素的新聞鼻就有機會了，他有個對追獵物奇佳的嗅覺功夫，如狗之好鼻。

你今天要放幾隻狗出去？女人忽然問了他非常職業的「行話」。

還不知道，要看獵物大不大隻。他簡單回應。

放狗出去，但還不知今天獵物情況，男人在內心盤算著個案的難度。別人是意淫口淫，他是影淫，被迫去偷拍他不想拍但無法不拍的人事物。

女人有時自嘲自己是和狗仔一起睡覺的母狗仔，自從她的男人升官後，她突然又變成了狗主人，而他則從流浪狗變成鎖有晶片的狗。

他的時間被注入晶片，隨時等著被叩。女人在這天兩人難得相遇一起的寂靜上午突然朝男人砸了一堆相片，「你看看你以前拍的東西，和你現在拍的東西。」女人揚了嗓門說。

黑白照片是他以前拍的「攝影作品」，另一堆報紙則是他現在拍的東西，嗯，只能叫它爲東西。不是他不懷念拍作品的時期，而是沒有人在乎那是不是作品了。

他想告訴女人，他其實很懷念過去，一如他懷念過去的她，不會口出惡語的善女子。

但時光飛逝，他被叫做狗仔竟忽然轉眼就幾年過去了。

這日夜無分的狗日子。

「家裡要抓漏你也不抓，你成天就在抓別人……」女人指著天花板又數落著他。唉，他從電腦桌上抬頭往左看，一暈烏雲似的黑菌黏在樑柱的死角處，每天形狀都在變化，這幾天雨下得兇，眼見這坨烏雲就要颳雨似的濕漉漉。

抓漏的工人來了又走了，說難啊，除非把樓上的人的浴室敲掉，才可能抓到漏點。樓上的人恰好住了一對頑固的老太太老先生，說是動房子會折損他們的壽，他說一切費用他們付，這對老人還是不肯。有時在電梯相遇，竟像是敵人似的防衛著他們兩。

女人氣極了，又朝他喊：「怪了，你們一天到晚都在爆別人的料，那你爲何不爆自己的料，你們一天到晚在抓女明星露幾點，但你們就是抓不了漏。」

他聽了煩，遂起身走到後陽台點根菸抽。心裡煩躁地想，「幹！只會碎碎唸，給妳錢時妳怎就不唸了。」

這天，他之所以有機會被他的女人削刮一頓，就是因爲他還難得杵在家裡，只因爲要追的新聞人物還沒追蹤到。這難得午後，他只打打電話，逛逛網路。感覺像是多出來的時間，他已經很久很久都忘了他自己還有時間的感覺了，假日對他已有了一種無來由的陌生與熟悉，他就這樣等待著，過去這三年他已經太習慣等待了，只是他過去的等待是爲了按下一張作品，現在他的等待卻更像是爲了射殺一隻豐肥的獵物。

常常午夜守候獵物，守候到一車的人全睡著。而總是愈是睡著的時候愈是獵物出動之時，一見獵物蹤影，全車或老或小的狗仔就全醒了，獵物可丟不得啊，丟了獵物就等於丟了飯碗。

該死的手機還是響了。手機可絕不能關，這是電子狗，比他這隻眞狗仔還値得信任。他已經隨時得聽憑手機行事了。前兩週，他走在正要回家的路上，卻接到上頭一通任務，要他馬上奔往機場。機場！他在心裡吶喊著，語氣卻還是平靜地問，去哪裡？「你現在馬上搭長榮飛往洛杉磯的班機，你要緊跟著美女徐，她搭那班飛機要去會洛城富豪之子。」

就這樣，那天他身上掛著三台相機四支手機就前往機場長榮櫃檯，他的護照是隨時都放在相機袋。

「先生的行李？」櫃檯小姐問。

「沒有。」

「沒有？」櫃檯小姐訝異地又問，並認真朝他看了幾眼，他那天正好穿了個黃色卡其短褲，外面僅著件T恤，他看起來不像是要出國，倒像是要搭公車。

「沒有不行嗎！」他不耐煩地說著。並朝海關處眺望，看見戴著棒球帽的美女徐，就放心了。

那次雜誌的封面就是他傳回來的，搞得美女徐要和富豪談戀愛結婚的美夢飛了，雜誌熱賣，而他自己的人生則依然很冷，日日流浪度日。連後來回家時，同居女人都冷嘲熱諷地數落他的工作是惡業。

惡業？我帶回的雜誌妳還不是看得津津有味。他懶得回話了。同居多年，彼此都懶得改變，改變就意味著要翻動基地，屆時將塵埃處處無人喜歡，何況改變後將面對的寂寞則更難受。於是女人和他就時好時壞，表面是捨不得分離，但卻很捨得給對方壞臉色看。

他下意識地從幾個間歇性的洛城畫面回魂。

聽見手機那頭傳來黃仔急匆匆的聲音，黃仔開著藍色卡車，嚷嚷著：「靠夭啊，獵物要出籠了，啊你到底在哪？」對方口氣不佳，他只能佯裝忙碌。「我在查對方資料啊！」「別查了，我看到他的蹤跡了。你趕緊過來！」他套上褲子布鞋就到大樓停車場開車出發了。

他的一切裝備都在車上。他的貨車外印著黃色字體：「專營逃生鐵窗設計、逃生出口設計、鐵屋、折合招牌等」，當然這只是偽裝，他隨時得改車子的顏色或者換車。

他在一家專營牛仔褲的「大巴士」外尋找著黃仔車子的蹤影。大街上有工人在吊掛著廣告招牌，他無聊地看著工人放進兩片薄板，板上印著「大美腳」。一個年輕女人走出服飾店外，和工人嘟噥了幾聲。

突然有人在敲著他的車窗。

「看什麼！不是獵物有什麼好看。」黃仔對他說，把他從觀望年輕女子的眼中拉回。

他開了車門，讓黃仔和另一個年輕小狗仔進來。黃仔的車子已經露餡曝光了，遂不能再追獵物。

隨著黃仔的指示，他開車到某棟大樓地下停車場附近，「陳就住這裡，跟他的車就可以跟到他要去見的人。」他要年輕小狗仔到停車場內去「把」。

等了大約三十分鐘，他和黃仔都快打起瞌睡了，忽然從後照鏡看見年輕小狗仔奔上來，他們開了車門讓小狗仔跳進。「快，他已經啓動車子了，等會就會開出來。」……「來了，就是那輛。」他的貨車開始隨著年輕小狗仔的指引，猛催油門往獵物貼去，獵物渾然不知身後閃爍的是獵槍。年輕小狗仔說：「剛剛好險，我下停車場時，陳剛好從電梯下來，陳就問著我在這裡幹嘛，我說來開車啊。陳問哪一輛是你的車？我放眼一看，乖乖，整個大樓的大停車場竟然只停了兩輛車。這下慘了，我隨手亂指其中一輛，卻聽陳說，那是我的車耶！你看他是不是很笨，竟然一點也沒有警覺。我趕緊說對不起！剛睡醒一時看錯了。然後陳就去開車了。」他看著眼前即將到手的這個獵物，聽著年輕小狗仔得意的言語，不禁想笑。

他們那天被指派的任務是追蹤主播陳，主播陳雖身處新聞界，但卻少了新聞鼻，這讓他感到荒涼，旋即想到螳螂在後的寓言。那日他們的相機獵到主播陳和另一個主播的緋聞畫面後，搞得整個社群沸沸揚揚，腥羶色全有，雜誌狂銷。

未久，他又被上頭交代要親自去守候捕捉一隻大獵物，追蹤一個消失許久的知名歌星，聽說得了精神疾病的大明星。

當他的車子開到歌星住的大樓時，他馬上欣喜地想，天助我也。歌星住的大樓正好在做牆面換新磁磚的工程，鷹架林立。他從貨車後車廂找出工地黃帽，換上沾有油漆之類的工作褲，準備上樓。他冒著生命危險，爬上鷹架，在搖晃的八樓木架上走著，待他走到歌星住的位置時，臉往玻璃一探，心裡一聲慘叫！他在玻璃上見到自己打扮的工人矬樣，原來那片玻璃是那種外面無法看見裡面，而裡面卻見得到外面的反光玻璃。他趕緊從鷹架走回，那大樓四面都無遮蔽物，更顯風大，走得他心驚膽跳的，心想要是這樣子就掉下去了，可多死不瞑目啊。

走到貨車後車廂，望著琳瑯滿目的變裝道具，他尋思這回該變成什麼呢？工人的裝扮是已經失效了，這樣一想他旋即拿出一頂中長度染過色的假髮戴上，並戴上棒球帽及穿上快遞公司的背心，手裡拿出事先準備好的一個信封。他走進電梯，伺機趁管理員正好不在的空檔，竄入電梯直奔八樓。

「誰啊？」

「快遞！」

出來的肥胖婦人在他的快遞本上簽了名，他眼光往客廳尋去，並未見到過氣的歌星。眼前的婦人和過氣的歌星很相像，他想起此女歌星和媽媽住。那天他沒抓到獵物，但至少確定女歌星住這沒錯。幾週後，他持續守候，終於又拔得雜誌頭籌，名列抓到獵物最多的狗仔王。

狗仔王後來又持續地抓到多則大獵物，他沒有料到他的後中年期生活不再靠攝影的品質揚名，而是靠善於「變裝」來取得活口。他的女人愈來愈不認得他了。因為他常常回家時穿著各種奇怪的裝扮，他累到連換裝都懶得換就直接如屍般地癱倒床上。女人看著身旁奇怪的他，他有時穿著女人的洋裝，有時穿著緊身很雅痞的同志裝，有時留著鬍子，戴著鬈髮，或者金髮。她總是讀到雜誌才知道她的男人身涉何處：第三性公關圈、橋下同志圈、黑道黑槍毒品現場、雛妓販賣集團、外籍新娘買賣集團、嬰兒販售集團……

他從孩提起就愛看周星馳的電影，也幻想過當演員，或者當魔術師。現在是最靠近那個夢想的入口了。

但有時假戲眞做也眞夠他噁的。

尤其是化身成第三性時，他才知道自己多愛眞正的眞女人，整過容或是假女人他一碰都沒感覺。那一回怕釣到的獵物發現自己是僞裝的，於是見面前還猛吞了威而鋼呢。

他有時一連幾天不在家，連她也不知道他在哪，她開始有種和「特務」生活在一起的錯覺萌生了。

直到有一回，她在某日的清晨被濃稠的鼾聲吵醒，她坐在床沿上，安靜的晨光時間漫漫時移。她仔細地看著枕邊人，十分陌生。她發現不知何時她的男人竟已爲了變身而增胖至一百公斤的大狗仔時，就是這一刻她決定離開他。她在男人睡死的上午，帶走幾樣東西，包括還拿了幾張男人還沒被叫做狗仔時所拍的黑白照片。後來她把那些黑白照片貼在新租的窩，然後很有氣質地翻閱著新買的雜誌。

她離開男人後，仍酗看八卦，只是她現在得花錢買八卦了。通常這種時候，她不禁會忽然懷念起狗仔來。也頓然明白原來她自己和所有的大眾一般，都愛看狗仔叼回來的獵物，聞腥血才有偷窺快感的共犯者。她是直到離開男人，才瞭解了自己，她沒有清高多少啊。

而男人呢，他無所謂，因爲他一天到晚在變裝，而唯一無法變的卻是沾黏一身的狗味了，他低頭聞聞自己的這身狗味，發現已沒有任何的不適感了。

今天要放幾隻狗出去？他正評估著獵物，手停在MSN上，眼睛飄到那團蕈菌般的壁癌幾秒，空氣十分安靜。

「連建仔也會搞外遇！天啊！什麼台灣之光！」忽然隔壁有個八婆的尖嚷聲刺進他的耳膜。

他痛得捂起耳朵來，這一捂讓他的臉呈現扭曲驚嚇狀，他發現自己的耳朵竟長尖了，像是狗耳朵似的……

十三大街

我們對情愛覺悟得早，
用我的殘餘肉軀與她的失敗青春共同一起活了下來……

2001年寫畢。

哎，誰關心這一切呢。就算神也不能控制別人的心。

我算是一個無聊的人。除了十年前還有一點英挺色相外，我和我的朋友都已經漸漸進入中年期危機。頭髮漸稀，福態漸顯，性只能幻想。然而上半身以上的腦袋所渴望的事卻一刻也沒有改變過，生活總是女人不夠，金錢永遠不足。最後事業沒有突破，有婚的心疲憊，未婚的心不甘。

於今我唯一能夠稱得上有點意思的活動是在燈下和影子一起吃飯，或者和十三說說話。

我通常在晚上九點回到我住的公寓，那是我和一隻貓暫時的窩，那貓不是我養的，也不知從哪跑出來的，反正有一天牠就在那裡了。就像有一天我被一個物體彈撞玻璃窗的聲音弄醒，眼睛睜開見到一雙銳眼框在室內窗沿，是一隻鳥。鳥在望了我幾眼後，開始盤旋。不知道鳥是怎麼彈進來的，鳥被貓嚇得在屋裡亂竄。

有些冷風了。貓不知何時跳上我的床，位置正好在我的鳥位，站立不穩地東倒西傾著，後來我一抖腿，牠才整個身子倒在我的大腿側邊，故作可憐地瑟縮著舔著毛，牠應該早已習慣我對牠的清貧了。

我常頭痛。

這兩天頭痛得更厲害，一連串的噩夢下來，我似乎被自我給棄絕了。我要說我還能在乎什麼呢？十年前我不敢的事，至今依然不敢。我沒有敢過，眞的呀，我比妳還不如啊。

十三聽了，搖著頭，她玩貓玩鳥，動物在她手中都馴服了，像是被十三給催眠了。她放下野貓野鳥，開始以指甲刀磨搓著繭，她不抬頭就光會搖頭。她的手臂上有個十三的圖騰刺青，她並非排行十三，她只是喜歡十三，世俗所認爲不祥的數字於她卻相反。

我本來叫小五，十三說男人不要有個小字，都小了還五（無），難怪運氣很背！我被她改叫做大街，因爲我每天風塵僕僕地騎著我的老野狼奔馳在城市各街道，在樓與樓裡進進出出，我唯一無法任意進進出出的只剩女人的神祕地帶了。我的腳跛了，是之前巡邏工廠時被機器夾傷的，我本是工廠某部門主管，其實一直有人想弄走我，未料天意比人爲來得更讓我措手不及。

我領了一筆微薄的補貼後就被辭退了，我去宅急便，但我不是魔女，十三說我是魔神仔。我想做一份和以前完全迥異的工作，想從事一種只需勞力毋須勞心的簡單工作，而實情是我唯一可以找到的工作也只剩這些殘羹剩飯了。

起先他們懷疑我的腿有點跛如何騎機車，我於是正騎倒騎著給他們開眼界，我年輕時還曾經是帥氣的追風一族呢，如今眞是虎被犬欺了。

然而這只是混一口飯吃，反正我已是一個無聊的中年歐吉桑，少女看見我會叫我「怪叔叔」。

十三是唯一當時說話的女人，她在我住的公寓樓下開家庭美髮，才十八歲時就從南部家裡逃出，跑去學美髮，把自己的頭髮當實驗，染剪得很酷。後來領班太摳，洗一粒頭十塊錢，她說整天洗死了手都脫皮了竟然還賺不到兩百塊錢，有天她站著站著突然咚地一聲暈了過去，醒來時見到整個世界都是白色的，白色的床單白色的人白色的霧白色的天空白色的夢白色的蝴蝶……她緩緩地走出榮總醫院，走到天母的美髮連鎖店樓上宿舍，取了自己的一款包袱就離開了。身後依稀聽見吹風機嘎嘎響，化學香氛精與洗水聲不斷地讓她走在台北的路上耳鳴。

後來她找到她離家多年的哥哥，也就是我的麻吉老友阿翔，於是就住到了我的公寓樓下。她那開地下錢莊的哥哥把租給樓下開手機店的房子收回一半，讓她開只有兩個座椅的家庭美髮店，拜隔壁手機店之賜，生意還不壞，後來十三就決定只收預約客人，她說生命已經無法預期了，她不想讓自己的生意也無法預期，說也奇怪，愈是需要預約的店聽來似乎也高檔，十三的生意就這樣走出來了，她請了個跟她差不了幾歲的小妹負責洗頭，並把自己的美髮店裝潢成希臘風格，白色藍窗，一些綠色盆栽，洗頭像是來和情人幽會，還頗有氣氛。

有時她心情不爽店也不開，電話語音留言說是出國度假，其實她哪裡也不想去，關起門來讓黑暗籠罩一切，點起蠟燭對著自己的影子發呆。有時我彎身從門縫看見她蒼白年輕的腳踝在地板上起舞，還聽見吹風機嗚嗚嗡嗚著，我的畫面浮現起小妮子邊手持吹風機邊自我獨舞的畫面，就乍然想要欷欷落老淚。不知十三若見我在屋頂看天光看成了一只雕塑模樣時，她會不會也被勾動了什麼生命底層？

生命底層，這種我年輕時自以爲靠近文藝的俗爛腔調，十三也許不屑吧，我想她並不需要賦予生命作態的字詞吧，字詞不過是一種自我安慰。

舊式公寓樓梯在側門，一條通，通上五樓屋頂，在屋頂上看飛機掠過是我當時幾乎僅有的戶外娛樂，我每天奔馳在外，亟需一方靜止，在屋頂上坐著看著，涼風在吹，天色無邊，飛機起降，我從一種靜止對望一方移動，這世界尚有我還算喜歡的愉悅之舉。

就像十三手持吹風機不斷獨舞的燭光之影，也是她的自娛，自娛從來都無關價值，甚至自娛是爲了打破價值，是一種無意義的有意思活動。

我仍然繼續送我的快遞，一支手機一輛破機車一張地圖就可以上路了。

我每天說的話幾乎就是大喊一聲：「快遞！」

快遞，若成了慢遞，會挨削的。但也沒辦法，我不是曹操，無法說到就到。你知道台北縣有多複雜嗎，台北縣就像是一座醜陋的迷宮，讓人一點也不想深陷其中，只想快快丟了就跑。

下雨天送起包裹簡直就像在鄉下大雨爛泥裡打滾的豬仔，進入公寓交貨，主人總是以隔離的目光與帶著距離的手接過快遞的貨物與簽名。戴著安全帽與一身濕淋淋泥污污的雨衣確實讓人頭皮發痲，沒有安全感。要非手裡握有一只對方名字的包裹或牛皮紙袋，是沒有人願意看我一眼的。

十三有時也常收到快遞，當然不是由我送的，她常郵購美容美髮最新物品，所以見到的快遞先生也不少。某回在一個很冷很冷的下雨天，她開門預期是個來送物的快遞，沒預期的是快遞先生在交給她貨物後竟高聲喊出：「阿扁，凍蒜！」十三說她當時差點沒抱腹笑翻在門口。「他發抖著雙腿走回沒熄火的機車時，我第一回想要哭喔，那麼冷的天，他交給我東西時指尖都是像冰一般的凍，他的腳也是跛的……」我聽著，正要放進嘴巴的夾菸之手停頓了半秒，下眼瞼覷見菸屁股的火花如美麗星光。十三突然意會到什麼地紅了臉吐著舌說：「我是難受的，你知道的。」我對於這麼大剌剌的女生突然文謅謅起來，就笑開地安慰她說：「沒什麼要緊的，我本來就是個跛子，跛子腿跛心不跛。」十三聽了才放心笑開來，只是她忽然又轉性吐出髒字來：「他媽的！這輩子還沒這麼難受過，就在下雨的冷天看見這麼一個熱騰騰的跛子出現在眼前就讓人難受了。」

因爲這晚的對話，我和十三突然靠近了起來，像是忘年之交的情誼，雖稱不上偉大，但卻是這座城市裡少有的患難知己。當然患難的角度是我自己加上去的，其實十三過得還不錯，我是目睹這一代人比我還強了，我在他們眼裡也許只是個會呼吸會咀嚼的動物吧。

十三的哥哥翔並不常出現，他是我以前工廠的送貨司機，被我好生照顧過，所以在我有難時施出援手。翔對錢覺悟得早，離開工廠前他說這樣開車下去就是開到美國也不會有錢。

所以他就開了地下錢莊，以前我還算意氣風發常被工廠派出國考察時就常去找翔，就是到他的地下錢莊換美金，比地上的銀行匯率還好的地下金融。那是位在西門町某舊公寓的地下室，走進地下室卻讓人眼睛一亮，有別於外頭街道的陰暗與建築物的老朽，地下室的牆漆得十分潔白，像是會閃出銀子般的光亮潔白。櫃檯小姐還穿制服，牆上有匯率表，有蓋章的紅泥……我說找翔，隨著櫃檯小姐所指進入走道最邊間，翔從皮椅抬頭，見到他就回到現實，先前以為身處銀行的幻覺旋即消失，徹底回到一個地下錢莊的事實。換好錢，他並送我一只勞力士仿錶，他說做仿冒生意眞是削爆了，他拍著我的肩說你這個人就是太正直了，仿冒不來。

我受傷又去職後，曾有一度考慮賣他的贗品，但是我受傷的腿讓我跑不快，他說走路不快被抓就慘了，而且我會臉紅，說什麼都不是幹賣贗品的料。要臉不紅氣不喘才行，我臉會紅氣會喘，看來還是當個老實人吧。

有回我去送快遞時，送的地址陌生，開門的人可一點都不陌生，我的前妻。曾在婚姻聖殿誓言對彼此有苦有難也不棄不離的妻，在我出事躺在醫院時，當時醫生說恐有截肢之虞，妻聽了一臉驚慌，在我某日昏沉的黃昏於床畔哭泣，抽抽答答地說她不要後半輩子必須推著我的輪椅度日，她還沒吐出離婚字詞，我就說離了吧，反正我沒有什麼好損失的了。

我送快遞的那天早晨，眼皮一直跳，十三見了說她想用夾子把我的眼皮固定住。前妻開門見了我也驚訝，她驚訝我還可以騎摩托車，沒錯，我的腿還在，只是瘸了點。前妻接過某男從公司快遞出的情人節花束巧克力，她臉露羞光，我微笑說，情人節快樂！享受被愛的幸福是很道德的事。

我發動機車，正要轉動油把離去前，聽見前妻說了聲謝謝你！她緩緩地把公寓一樓大門關上，我瞥見大門前庭停著一輛光潔新穎的豪華汽車。突然想起這汽車很眼熟，在騎機車送快遞至下一站的路程上，方想起妻曾經坐過這輛車返家，這輛車停在我舊窩的樓下夜晚時，我瞥見過幾回。當時沒想到是妻早有男人了，還以爲是妻姊妹淘的男性朋友一起順便送她歸家。

我的舊窩連同離婚一併送給了她，我因此不敢回去，當快遞時唯一的條件是絕不送舊窩那一帶的物品，沒料到前妻早已轉手賣人了，她住到了更好地段的更大居所了。

這晚，我載著十三回到我過去的舊窩，舊窩對面是永康公園，夜晚的永康公園有小孩在玩著遊戲，老人在散步，街道兩旁的咖啡館食客正喧熱。我和十三看起來倒像父女般地坐在公園的長椅上，各自抽著不同喜好的菸，我指著某公寓給十三看，說那是我住了二十年的窩，現在不知是誰在住？

我假裝按錯電鈴，有人開門你就可以看到了。十三說。

我搖頭，說不用了，看著紗簾燈影下有人在用餐，我想買這棟房子的人是幸福的，還願意緩慢煮飯一起在家用晚餐的人應是幸福的吧。

十三聽了，也餓了。她說你曾經在這座城市有個地方不敢去，我也和你一樣喔。她說要和我分享一個祕密，一個關於愛情和死亡的祕密。

十三剛上台北時愛上一個有婦之夫，愛得痛不欲生，她說她在美髮院洗頭會洗到暈倒就是洗到愛人的妻子，她恨不得把那妻子的頭髮剃光了，結果自己卻心臟無力先暈倒，事後她每一晚都會偷偷晃到愛人家樓下，仰著頭看他們在用餐的光影就會兀自傷心掉淚。兩年後，有婦之夫帶著全家去峇里島，回程飛機在桃園大園上空爆炸，愛人全家全死了。

之後，她再也不敢去那個愛人舊家了，她送他的某些物品也就自此淪陷於那個家了。

那晚我問了十三死亡舊愛的地址，隔天趁送快遞之空檔，決定去拜訪十三過往的愛人之窩，我佯裝快遞物品到十三舊愛的窩隔壁，上到公寓樓後，我按了電鈴，無人回應，又按了一次，聽見裡面有高跟鞋敲地磚的聲音逐漸走近。

門開，一個化著濃妝有點年紀的小姐。「你要看房子？」她狐疑地問。原來這房子要賣了，我隨口說幫朋友打聽打聽，誰要賣這間房子？

「我啊。」小姐指著自己，她不耐地說。我偷偷按下了手機的照片鍵後說了聲謝謝離去。「小姐一直單身？」「關你什麼事？」

十三看見我拍的照片，驚叫，她就是舊愛男人的妻啊，她曾偷偷看過男人抽屜的照片。我說妳哥靠警界關係一查就知道她是誰了。我把照片及那個房子的地址傳給阿翔後，阿翔幾天後打來電話說：「不過就是一個單身女人的房子，幹嘛這麼好奇？」

整個輪廓得出的結論是，十三的舊愛根本不是什麼有婦之夫，那只是藉口。峇里島之行是他和另一個女人出遊的。

之後，十三和我一樣，都治療好對這座城市某一區某一棟房子的恐懼感，連同她的暈眩感與第三者的罪惡感也一併治療好了，唯獨我的痾是注定好不了了。我繼續送快遞，十三繼續吹她的頭髮。

日子無聊的時候，我們依然爬上屋頂看鄰近松山機場的飛機起降，然後躺下看第一顆星子爬上天空。我用我瘸掉的腿跨上她，就像我跨上破野狼般地騎上一條大街。而十三用她發疹長繭脫皮的手指撫摸我，就像她用吹風機撫摸客人的髮絲般溫柔。

我們對情愛覺悟得早，用我的殘餘肉軀與她的失敗青春共同一起活了下來。

翔知道這件事後，雖然對我幹譙了好一會，咆哮一陣後，他淡淡地遞給我七星菸說：「隱龜（駝背）交凍憨（傻子），也算一種覺悟啦。就像我早早覺悟不要開車，要開錢莊一樣，覺悟是很重要的事，不要勉強自己做不來的事。」

天空依然有飛機的白煙掠過，愛人枯骨再也不發出魅魅的燐火了。只是這城市怎麼永遠有快遞不完的包裹文件？十三笑說，就像洗頭永遠也洗不完一樣。

我們兩個加起來是十三大街。

修剪歲月的女人

但她總想，愈是要激勵生命愈是要從微細的枝節著手，
因爲那意味著一種尊嚴，一種美好。

2003年寫畢。

她老媽常叮囑她千萬不要在晚上剪指甲，因爲老媽子說兒女在晚上剪指甲會剪去父母的歲壽。

指甲，明明是那麼物質的死亡碎片，卻被轉化成如此抽象的生死大事。

「你嘛好啊！」以前她很愛回老媽這句話，但通常討來更多的罵，老媽說這話很粗，以前她還喜歡說「衝啥小」，這時她老媽會厲聲衝過來打她的手背。也許在她年少無知的時候還會相信一些詛咒或未經驗證的傳說，可她現今在美容界打滾這麼久了，還有什麼流言她沒聽過。

早些年，說眞的，她還眞怕她媽媽會突然死掉，害怕就此成爲孤兒。

你看過母親在街上和彪形大漢幹架嗎？我幼稚園和小學時期就活生生目睹過好多回，每一次都在街角嚇得蹲在地上猛哭泣。她修著指甲的手很靈巧，說話也很俐落。

她又滔滔不絕說以爲自此母女要天涯兩隔了。六歲小孩哪裡懂得天涯，以爲失去就等於是天涯永別了吧。有一回她看到一個男子揍母親的胸部還抓頭敲牆時，就已宣告了她性格裡的不幸。磨指甲的長刀俐落地刷刷兩下，粉屑如細沙，午後的斜陽光影和銀面刀片交會有著如星子般一眨一眨地閃爍。

「不幸太多了，晚上多剪個指甲難道就眞的會要我媽的壽嗎？那些漢子都打不過我媽呢？怎麼這點輕飄飄的死屑就會要我媽的命？我在晚上無聊再多剪一點，十根手指頭和十根腳趾頭也不過二十根，能礙她什麼。我眞不懂我老媽以前爲什麼不把我帶開再來打架呢，這樣讓我看著，那是酷刑，伊講起來也是狠的！」她邊爲客人修剪指甲，邊說著這些陳年往事。

基於某種職業感，她常和客人說話，但她更樂於在剪指甲的時候想像，好比想像著眼前這些貴婦就像她養的貴賓狗吉娃娃，貴婦們也樂於被她伺候，她仔細地修剪她們的手指甲和腳趾甲，以各種輕刑具緩緩剪去貴婦多餘的無聊光陰，然後把這些細白嫩肉的手放到溫水裡浸著，等候彩繪。貴婦們多不勞動，手腳乾淨極了，挖髒漬的工具根本派不上用場，連剪繭肉的小刀也用不上，就是一把微細小剪即可。這些有點年齡的貴婦都穿得很像女兒，每個母親都在模仿她的年輕女兒，而所有的女兒卻都在避免成爲她的母親。

她的女人客層多是鄉里貴婦，而非時尚貴婦，鄉里貴婦老公大多開鐵工廠或是田僑仔，打扮勁爆，虎豹紋毛絨衣搭配皮褲，臉上化著豔裝，她以欣賞動物的心情來接納她的客人。爲她們倒上溫水，先浸泡雙手，等雙手可以修整了，便換溫熱水泡雙腳。塗上鮮紅蔻丹，每一片指甲如開了梔子花般豔麗，她自己看了也滿意。

她用溫水泡客人的手腳，幫她們剪去老皮，用檸檬片磨去角質，用磨刀銼死皮，小心為辛苦的手腳塗抹維他命E，還原因為擦劣質指甲油多年所產生的垢黃，最後為她們擦上保護指甲油的護指油，以及畫著流行指甲彩繪。

晚上拉上鐵門後，她就開始為她的愛貓們剪指甲，她覺得貓咪們還比那些貴婦可愛，「喀嚓！喀嚓！」邊剪邊配音，寂寞世界唯貓狗貼心，她總是幫她的愛犬愛貓指甲塗上紅紅的蔻丹，她從事美髮美容行業對於人的外表隨著年齡的增長而產生劇變總深感驚懼。

她想為什麼人一旦老了，一切的失色就開始顯現於外，可是貓啊狗啊總是怎麼看也不會老，除非你得扒開牠們的牙齒一探虛實。可她邊修指甲邊想著人類可就不一樣啊，上了年紀就露出半生淒涼光景，頭髮灰白，指甲鈣化，牙齒鬆脫，肌肉下垂，表皮生皺……了無激情，無一光采，動作變慢，身上沾黏著歲月長久以來不散的濃濃老人味。

她對老人病人的體會不比接觸美女貴婦的感受少，這是她可愛的地方，剪指甲也能剪出智慧來。

有時她會到市場一帶擺攤，專替社區老人修剪指甲，老人唯一生命有跡象的地方就是這些輕飄飄的指甲，不斷抽長的指甲，永遠以看不見的速度在累積，停止成長與病態的肉身在指甲世界裡獲得某種抗議與平反，老人乖乖地就範，雙手伸出，雙腳蹬出，她先將他們的雙手雙腳浸泡在溫熱的一盆水裡，像在廚房準備食材時的認眞，輕輕洗刷著，像童年母親在舊厝廚房仔細清洗著雞鴨鵝的內臟與腳蹼，在生命暗處的藏污納垢似乎也在緩慢裡獲得了清洗。

她幫老人剪去不斷抽長的歲月痕跡，老人的回應似乎是無痛無感，她想要是不小心剪到指肉了，不知他們會不會也不覺得疼？她停下手中的利剪，一抬眼卻目擊了呆滯渙散空茫的眼神，這眼神算是回應了她的問題。

有時她會把看著他們的掌紋，年輕時她也喜歡看命理卜卦星座，現在她覺得掌紋雖然人皆不同，但卻無法操縱命運。她常常在修剪指甲時，想起去越南遊玩時遇見那些沒有掌紋的人。那些女人因大半生在做手工蛋畫而被某些藥劑侵蝕，導致整面手掌的紋路被抹平，失去掌紋的人。她想著難道這些沒有掌紋的人就沒有智慧、感情和生命線？

她修剪歲月不斷抽長的生命痕跡。

隨著經濟不景氣，她的那些工廠貴婦客戶幾乎都隨著老公到大陸開展生意，她的客源頓失泰半，於是她開始慶幸自己的謀生工具小巧，所有的剪銼磨塗刑具都在一小盒子裡。她騎著摩托車每週來榮總醫院報到兩天，走動各樓層，生意還算可以，雖然很多家屬認爲幹嘛要花錢幫病人修剪指甲，但也有不少家屬認爲修剪指甲是代表生命生生不息的一種細節處理，讓老人與病人看起來乾乾淨淨是一種道德。

她的客人以植物人和癱瘓者最多，現代人太忙，一切都外叫，外賣，外食，一切可虛擬，唯獨剪指甲這檔事無法虛擬，只能親密接觸，只能以冰冷的實質利刃除去多餘的虛擬歲月痕跡。

有時在剪指甲時她也會很壞地想著，若是剪痛了，不知這些植物人是否有感覺？她這樣一想時，抬頭對著角落的攝影機發出非常職業的笑容。

不是電視新聞播過看護偷偷虐待病人的事嗎？被監視器拍下畫面的那個歐巴桑看護大力敲打揉捏著意識不清動彈不得的植物人，她仔細地看著那個歐巴桑，心想定然是這個歐巴桑把自己陳年的怨氣都往那植物人發洩了，以爲無人看見的行徑其實是對往事的怨氣。她知道很多人在下意識裡都想這麼做，這心理倒非是針對那個病人，而是被一種情境勾起，歐巴桑突然成了佔上風的人了，她這一生都無能力對他人怒吼或搥打，她總是被虐者，被生活被丈夫被小孩……上了年紀了還要出來打工攢食，因此她在一個病人面前突然變得那麼有力了。

她尋常穿過花店、超市、自助餐、郵局、銀行、髮廊、照相館、洗衣間，然後她從地下室登上電梯，和病人家屬護士再度並置於這個每天要搭幾回的機器裡。她依然總是習慣性低頭把所有人的手腳指甲巡一回，目光像獸醫，只消看一眼動物牙齒就可以知道動物年齡的準確無誤。有時她會同情那些病人，她常想要是把他們交給她包準讓他們依然美美的，不會死後才等著被人化妝。

她開始想著將他們的手腳浸在溫水裡，溫水慢慢柔軟那些被歲月硬化鈣化的屍片，已經徹底成爲物質性的東西還不斷抽長在那些渴望健康活力的病體。她常常有一種衝動，想要抽出隨身攜帶的指甲修剪工具盒蹲下身爲這些人剪指甲，被她剪過指甲的人都曾經流露出一種舒暢快感的表情，她知道那種清爽與舒服。

但是大多數的家屬都認爲剪指甲這樣的工作是微不足道的，但她總想，愈是要激勵生命愈是要從微細的枝節著手，因爲那意味著一種尊嚴，一種美好。

但這多半也還是她一廂情願的想法，在醫院這樣的生態結構裡，有沒有她的在場都不會影響其他個體生命的存有與否。然她還是寧願相信自己的這把指甲剪具有魔力，她多回看見病人張揚著修剪得光亮美麗的指甲，像望著上帝的指環般地在光源下把賞著，同時發出一種宛如孩童的微笑。

她喜歡將老婦人的指甲塗上紅色蔻丹，且並不把整片指甲塗滿，而是塗三分之二，像是小女孩想當大人所塗的模樣，沒有塗滿的指甲蔻丹呈現一種孩子氣的表情，一種宛似經時間自動剝落的天眞感。白髮老婦人總是很乖巧，等著蔻丹乾涸的幾分鐘裡，兀自笑吟吟，她一稱讚她們的指甲好美時，她們會舉起一手遮住笑開的嘴巴，發出宛如鳥叫般的笑聲。

踏出電梯，只有她一個人步出電梯。她聽見兩片鐵門關上，把那群面無表情或者滿面愁容者隔絕於她。

夕陽不知何時已經射入醫院大廳。她看著微塵飛揚在那個光束裡，那光像是穿進海底，飛塵像飛魚。那年的飛魚季在海邊的飛吻像是一記飛刀射來，不由得想起，是難以忘記。她杵在光的光陰裡，像醫院劇場裡自我停格的一個包廂物，直到被急匆匆的急診推車給撞至一旁。

她想剛剛自己確實是出神了，被飛魚季往事的前情人網住了片刻。

離開醫院大樓她進入外界的尋常生活。醫院外的外省老人有關的攤販商家特別的多，臘肉香腸火腿高掛，包子饅頭糯米糕熱騰騰，內衣內褲毛襪帽子叫囂，修理皮鞋雨傘敲得咚咚響。她喜歡亂逛，像童年般目睹一切生活市集的眞切，她從病體周圍撤開，晃蕩到外界，往往感到熱淚盈眶。

醫院人們的表情多像是塑膠製品，有時她會一直和老人及病患說話，有時還會抖抖甩甩他們的手，她知道他們明白她的善意。

她膝下鋪的毛巾不斷飄墜屑屑，關於流年的消息，像白雪沾了污點的歲月，不斷地被她修整。她把剪落的屑片往他們眼前一放，她說你們看你們的指甲一直長一直長喔，你們還活得好好的，不要放棄自己喔。像是在替自己打氣似的，她滿意地以半曲蹲姿態，緩緩走到垃圾桶旁，然後小心地把毛巾擎起，將歲月抖落在黑暗的穴洞裡，她再次聽見歲月的聲音。

指甲屑躺在黑暗如骨灰罈的餅乾盒內，她像女巫似地收集著指甲。她當然不會也不懂作法，但她喜歡把剪完之後的指甲屑放進餅乾盒裡。她搖晃著餅乾盒，聽見窸窸窣窣的如風吹沙之音。

簌簌如雪飄墜，歲月的聲音直貫她耳。

雖說聽慣了，但她依然感到記憶有個疼痛的部位。一個聲音從廚房角落厲聲傳出：「貧惰雞，緊去幫我看看瓦斯是不是沒了？水哪冷得要死！」

她起身，彈撞到餅乾盒，又聽見了歲月的聲音。她伸出十指瞧著，面露神祕微笑，心想今晚可要再修修指甲，在晚上剪指甲會剪去父母的歲壽，她是不信的，她想是誰搬出這樣的說詞來嚇小孩啊。

但爲何她總是挑晚上才剪指甲？這是什麼心態？說來她自己也不知道。

【專訪鍾文音】

從此，我展開了漫長的寫作之路

【編按】小說的每個場景，都下著雨，不管是午後雷陣雨，還是梅雨，島國的雨伴隨著鍾文音的青春創作，有了短篇小說《一天兩個人》的集結；小說裡的主角，都是兩個人：母與女，夫與妻，兩個高中女生，兩個死黨，男與女，男與男，他們一天又一天，嘗試明白自己的戰鬥。鍾文音闊別多年重新閱這十三篇小說，憶起與看見好久好久以前那個伏案桌前的自己：「一個青年藝術家的肖像」……

回應我的讀者：我仍然是我

Q：新書的序言可以說是妳重新再對自己做了一次提醒：我從不曾失去寫作的初衷，過去是，現在是，未來也是，在創作路上二十多年後的今天，這篇有如宣誓般的序言對妳的意義。

A：我說這本書是我的出生證明。在這條創作的路上，很多人雖然擁有作品的出生證明，卻也有很多人就此夭折，因爲台灣這個母體並不夠健全來養活純文學的孩子，尤其如我這般的專業寫作者。我對於台灣作家生命期的縮短有很深的憂慮，那就是創作者生活的窄化。我在長期的創作時間也面臨這樣的困境，你可能有段時間會很低潮，雖然表現上繼續如常，但內心是封閉的，我一直認爲那是寫小說的致命傷。寫詩與散文只要有一個點的感覺，就足以擴張一個小品，但小說以人作主體，如果你的心是封閉的，就無法寫出小說。最近剛從日本採訪烏龍麵與企業家的生活歸來，其實透過這個方式也是想給自己歷練。像我這樣十多年一直沒有進入職場，跟社會的場域沒有太大關聯，有時寫小說會有與人脫節之感，但小說有如社會學，是對社會與自我觀照的生命力再現。我也是基於想要一種「動」的感覺，故刻意答應這樣的工作，雖然我早就不缺乏旅行，但我缺乏與不同類型的人的互動與觀察。這與我年輕時的心態不同，那時認爲文學是孤傲的，現在我常朝相反方向看待，我覺得文學是與人親的，本質是充滿人的興味，年少時很排斥跟社會互動，好像自己的初衷會被染污，但我認爲其實唯一能染污自己的，就是自己的心。很多人覺得孤獨是要很純粹，對類似我這類又演講、又參與一些其他事務者會不認同，但我認爲在繁華裡還能保持初衷的純粹與孤獨觀照的濃度才是最困難的境界。

現在的讀者被很多東西吸引，不同我那個年代，所以我很珍惜寫作這麼多年，仍被讀者珍視，現在重新出版這本作品，也是回應我的讀者：我仍然是我。

透過他者來折射自己

Q：本書收錄了十篇原版舊作，加添了三篇新作，總共十三篇，從最早一篇一九九〇年〈妳說的我都記得〉到二〇一二增補的〈放狗出去〉，這二十二年之間妳寫作風格的追求是甚麼？

A：寫作風格的演變是很自然的，我發現以前的寫法跟現在差異很大。以前是以一個旁觀的寫作者審視自己與這個世界的關係，讀《一天兩個人》我的手中好像有一台照相機在觀看著裡面的角色，後來我的創作是把自己融入，我願意去揭開自己的血肉，與悲同悲；在《一天兩個人》的寫法是作者與小說主角有所距離，唯恐揭露自己太多似的。實際上人願意揭露自己是源自於認識自己，年輕時的我並不是那麼想要認識自己，比較是躲在屏幕或觀景窗背後，透過觀照別人來折射自己內心的風景與諸多叩問。可以說是過去我觀察別人，後來轉變成我觀察自己，因此寫作的濃度越來越高，傷口越來越深，黑暗愈來愈暗（〈黎明前的漫長黑夜〉。當你年輕時還沒有能力去認識自己，只能透過他者來回應自己，所以這本小說是我比較少見的寫法。

我喜歡寫作，這才是初衷

Q：妳的短篇像午後雷陣雨，長篇小說像冬天的雪，細細密密下著，纏綿不休，回應妳剛剛所謂觀照自己，是用長時間的感受來理解自己。

A：觀察別人也是因爲自己與他人遭逢，於是產生了很多錯身的故事。現在的寫法就是「我身」，「我身在此」，而過去是「與他者錯身」。而這個風格不太有人看過，因爲這本書在一九九八年出版時壽命不長，僅兩千本。大田總編輯當時也有來找我，但我剛好前一天已簽給當時出版這本書的出版社。當時我並不了解出版的生態與狀況，好笑的是把簽給別人要出版的稿子還影印一份給總編輯看，很單純地完全站在一個分享文章的角度……後來隔了一段時間沒有聯絡，大田總編輯再度主動來找我，才談成在大田出版的第一本書：《寫給你的日記》。沒想到多年後，這本短篇小說集又回到了大田。我想想當時自己完全不懂什麼社會化，小說〈一天兩個人〉裡的陳瑜剛社會化得慢，很像年輕時的自己，不容易找到自己的舞台。年輕時雖然有舞藝，但有可能會跳上一個不牢固的舞台，我常說寫作大於成爲作家的欲望與本質。我喜歡寫作，這才是初衷。但寫作之後會不會成爲作家則是沒有去想的。這本書是我年輕時的一個寫作座標。

孤獨的起與終

Q：妳說《一天兩個人》是後來很多小說的原型，微型。爲什麼？

A：我的小說有一個特色，有時會重複出現一些場域。就好像你會看到莒哈絲不斷重複她母親的片段，那是因爲作者想要用不同的方式或者語言再說一次，我的短篇小說集《過去》《一天兩個人》也有一些些重複可見的片段，年輕時候的場域，出現在我的部分小說裡，我一直忘不了那些場域，可見那時的孤獨有多龐大，《一天兩個人》出現的開羅紫玫瑰，《在河左岸》的寶宮戲院，《少女老樣子》《豔歌行》都曾用不同的人提到相似的地方，有些重複再現的場景，是因爲纏繞不去的魅影猶在，這些片段的再現，一直到《豔歌行》才可說是做了一個終結。當時的畫面是這樣的：一個年輕女子已經開始寫作了，但她不知道自己的生命要走到何方？常在台北街頭孤獨地搜索，獨自感知這城市。我大概有兩三年的時間，像個夢遊者。從《一天兩個人》到《豔歌行》可以說是一個人孤獨亂走在城市的起與終。而《一天兩個人》作爲一個我創作的原型，也是因爲如此，就好像奧德賽永遠是踏上鄉愁旅程的原型，鄉愁雖不是我的主題，但《一天兩個人》就彷彿奧德賽般，踏上漫長的原鄉之旅。我的心就是我的原鄉，不斷地觀照著心。

我仍站在文學的沃土上

Q：對這本書的感情？

A：《一天兩個人》是一個美麗的胚胎。雖然寫這本書時並不到成爲一個作家的份量，但這個胚胎是可以長成的，我對之的感情是我開始認識「鍾文音」這個名字是可以寫作的人。寫這本書時我的字詞是完全沒有被訓練過的，因爲我大學讀的是大眾傳播，日子大都浸淫在影像裡。小說裡有很多字詞是拗口（自創）的，讀者會看到一些奇怪的字眼。當年，我一直在尋找自己要走攝影或寫作，而這本書確立了我成爲以文字作爲主軸的創作者。我明白原來我是可以寫作的。後來的寫作則多有意識到最後會成型的樣子，但這本書的作品在當時是完全不知道會寫成什麼樣子。當時在很無明（無知）的狀態下得獎，刊登，出版……對這些其實我並沒有特別的想法，與之後被貼了很多得獎標籤的自己是有很大差異的。這本書也讓我看到自己當時作爲一個青年嚮往藝術家的肖像，當你越來越擴大自己的時候，很容易遺忘當時的自己，很多人是因爲看不到自己而擴大自己，於是回不到自己的原處。這本書是一個源頭，這漫長寫作與生命經歷，說是漫長，但其實也是一眨眼就過去了，我想這才是要更警覺的。對自我的生命要更加錘鍊與更加地敬畏它。

海明威《巴黎流動的饗宴》，五十六歲的海明威回頭去看他二十六歲在巴黎流動饗宴的樣子，那鐵定是今昔不同了。雖然我離海明威寫巴黎的年齡還甚遠，但我想以同樣的心情來回望我二十幾歲的文學座標，我很高興此時此刻我仍站在文學的沃土上，既沒有變成媒體人，也沒有變成任何角色。作家當年所站的原點，往往也就是其後所展現的本質，蔚爲文學的花園之初。一如《女島紀行》是我往後寫母親的最初原型，而《一天兩個人》則擴大了我往後許多的小說再現。

青春哀傷茫然想飛翔

Q：有讀者覺得讀《一天兩個人》像看王家衛的電影，妳自己如何看？

A：王家衛電影給人一種主線不清，但風格強烈，也許我早期的小說也給讀者這樣的印象。但我還是有主線，就是青春茫然，青春哀傷。青春時不會意識到自己青春，而哀傷是因爲意識到自己要成爲什麼才有所掙扎，爲要接受被社會馴化而留下眼淚而哀傷。鳥會在籠子裡掙扎是因爲牠知道自己有翅膀卻無法飛翔，年輕時我有翅膀但一直無法飛翔，於是辭了工作決定飛去紐約，現在想來那是一個任性（卻很重要）之舉。年輕時我非常固執且任性，任何人事物都留不住我，如果當時有人對我說，給我錢讓我好好寫作也未必我會留下來。我想如果我不去經過這些大風大浪，或許我不會看到前方的風光，那個前方風光是必須靠自己去尋找的，而不是別人畫給我看的。這本書的作品大多寫在我去紐約之前，小說的主角感受著自己飛翔的能力，不安，或者想依附別人等種種情節，也許也可說是我當年翅膀還沒長硬至可以飛翔時的心境折射。

超越寫作但又不離寫作

Q：二十二年的寫作之路，寫作環境的變化很大，過去與現在妳所處的環境，在前輩同輩後輩的世代之間，妳的位置是什麼？

A：當然不是每一個人都適用年紀劃分，老靈魂者比比皆是，我剛出書時也被寫老靈魂，故文學是超越年紀與年代的，年級分類只是便宜行事的一種簡便說法。我輩自九〇年代以降，一路已寫二十多年，現在看來時間是頗漫長了，但以創作小說來看，卻才正要邁入「小說盛年」，是寫小說最成熟的壯年，擺脫青澀，也歷練人世種種了。說來五年級是個溫厚的世代吧，缺乏六七年級對社會反應的大膽與活潑，反觀我輩則是慢慢演化的一代，是內化的，是自省與自我觀照的，三四年級則顯傳統，我輩夾在傳統與e世代之間，早期我們的受訓是古典的，純文學的，或可說我輩的心是老成的，但面對外在卻又是開放的，在科技的競爭中，文學的田園風情或已淡漠的當代，或許有些人會耐不住這樣的狀況，加上個人本體如果沒有強而有力的作品來接續生命，很可能很快就被世潮淹沒或轉彎了。但我認爲創作者永遠會是創作者。駱以軍說自己寫作如「武士」，我則是「雲遊僧」：不斷地遊歷十方世界，以鍛鍊和成就自己。（常被說成波西米亞，其實那只是外表，我的內在比較接近雲遊僧。）

我更用西方多元的創作概念來勉勵自己，在西方的許多創作中我們會見到他們的生命觸角多元：小說，雜記，散文，劇本，評論，詩……因爲藝術非單一的，我不認爲小說家就只能寫小說，如同莒哈絲，她拍電影，舞台劇，與攝影師合作出圖文書，如木心，如雕刻家野口勇等等皆然。創作者是以他生命的原型來成就自己，將創作這棵樹開枝散葉，他們的生命夠寬廣，所以創作可以走得很遠很久。比如野口勇是雕刻家，也可以是設計家，這不能說不務正業，相反地那是「一種自救」，有時候在創作主軸斷了謬思之路時，得爲自己的創作找其他出口，以免走上憂鬱之途。讓才華可以多方折射（在不偏離主軸之下），故不應以某個類型來定位創作者，而應以作爲「創作者」來定位之。我遊於藝，但寫作永遠是創作拼圖的主圖，不寫作時，腦子其實盤旋的仍是文字。我不喜歡被單一名相定位住，不只是小說家，散文家，我希望是一個「創作者」，此即是我看待自己的方式與位置，超越寫作，但又不離寫作。（採訪／整理：蔡鳳儀）

國家圖書館出版品預行編目資料

一天兩個人 / 鍾文音著.——初版——臺北市：大田，民101
面；公分.——（智慧田；102）

ISBN 978-986-179-258-3（平裝）

857.63　　101012745

智慧田 102

一天兩個人

鍾文音◎著

出版者：大田出版有限公司
台北市106羅斯福路二段95號4樓之3
E-mail:titan3@ms22.hinet.net　http://www.titan3.com.tw
編輯部專線（02）23696315　傳眞（02）23691275
【如果您對本書或本出版公司有任何意見，歡迎來電】
行政院新聞局版台業字第397號
法律顧問：甘龍強律師

總編輯：莊培園
主編：蔡鳳儀　編輯：蔡曉玲
企劃統籌：李嘉琪　行銷統籌：蔡雅如
校對：鍾文音 / 鄭秋燕 / 陳佩伶
承製：知己圖書股份有限公司・(04)23581803
初版：二〇一二年（民101）八月三十日　定價：新台幣 290 元
總經銷：知己圖書股份有限公司　郵政劃撥：15060393
（台北公司）台北市106羅斯福路二段95號4樓之3
電話：(02)23672044 / 23672047・傳眞：(02)23635741
（台中公司）台中市407工業30路1號
電話：(04)23595819・傳眞：(04)23595493
國際書碼：978-986-179-258-3 /CIP：857.63 / 101012745